弋舟作品

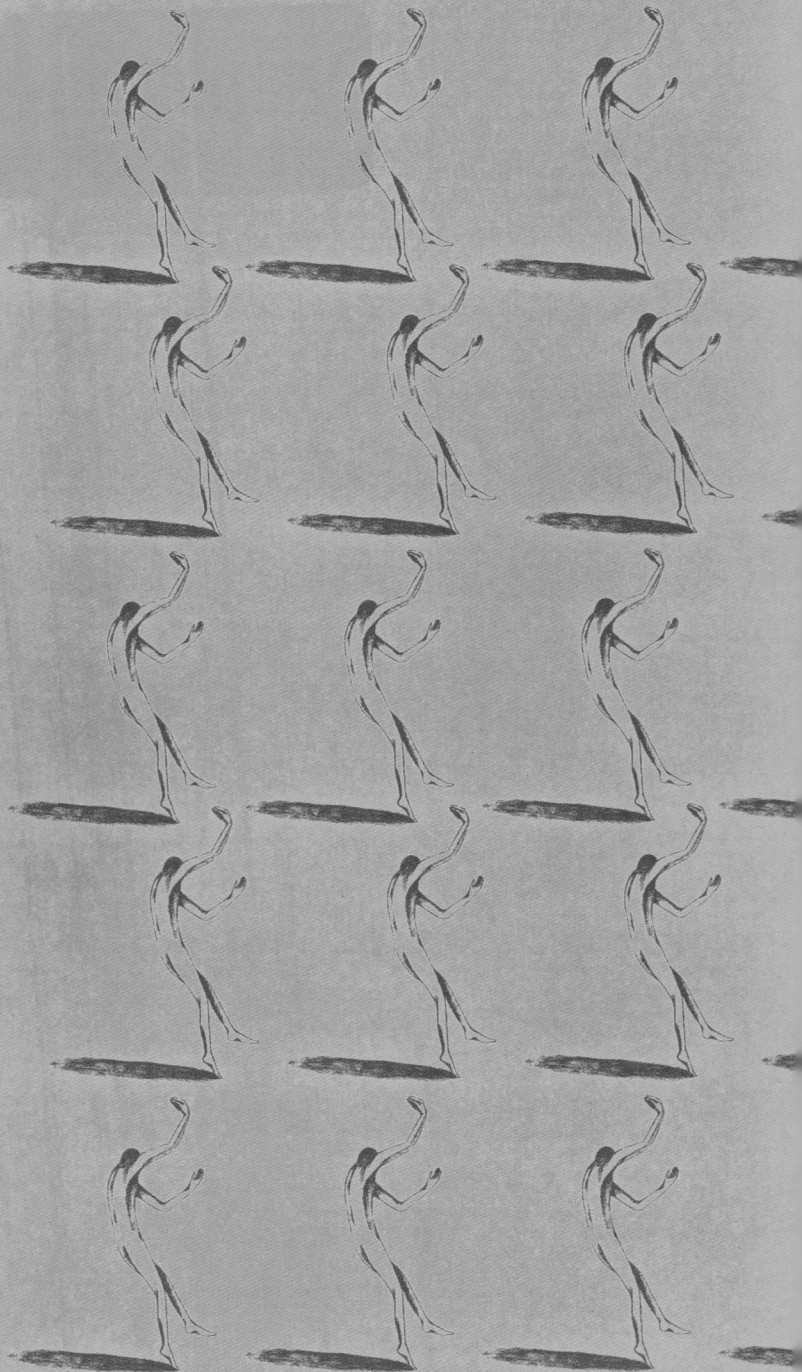

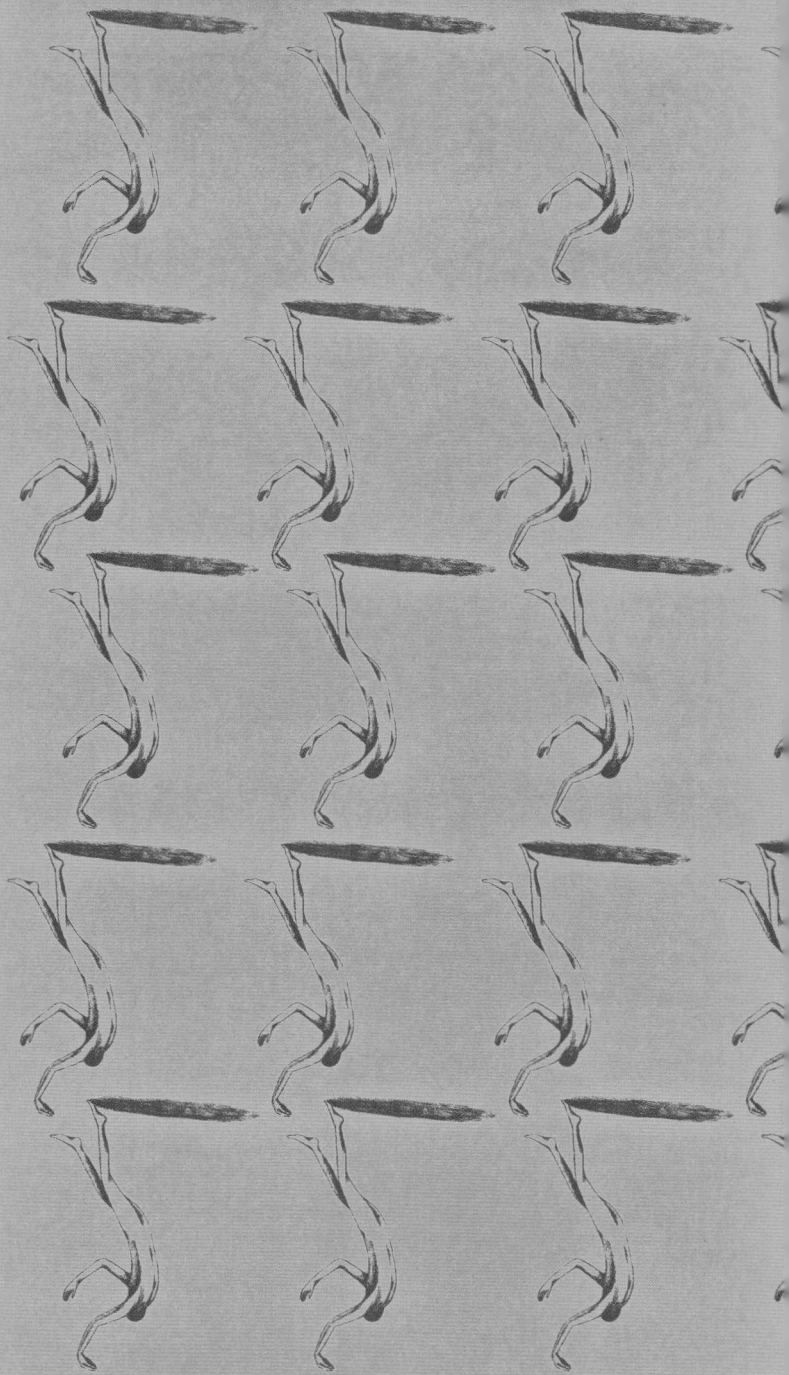

而黑夜已至

弋舟 ——
著

作家出版社

弋舟

当代小说家，著有长篇小说《蝌蚪》等多部，

中短篇小说集「人间纪年系列」等多部。

一桩陈案，

勾动救赎与惩罚的机心

却早被人拿良心做了局

自序

我们这个时代的刘晓东

弋 舟

2012年，我写了《等深》，2013年，我写了《而黑夜已至》和《所有路的尽头》。三个中篇，写作的时候，是当作一个系列来结构的，故事并无交集，叙述的气质却逐渐自觉，重要的更在于，这一系列的小说，它们都有一个共同的男性主角——刘晓东。

当我必须给笔下的人物命名之时，这个中国男性司空见惯的名字，几乎是不假思索地成了我的选择。毋宁说，"刘晓东"是自己走入了我的小说。我觉得他完全契合我写作之时的内在诉求，他的出现，满足甚至强化了我的写作指向，那就是，这个几乎可以藏身于众生之中的中国男性，他以自己命名上的庸常与朴素，实现了某种我所需要的"普世"的况味。

时代纷纭，而写作者一天天年华逝去。我已经毫无疑问地迈向中年，体重在增加，查出了心脏病，为孩子煎熬肺腑……追忆与凭吊，必然毫无疑问地开始进入我写作的基本情绪。那些沸腾的往事、辽阔的风景，几乎随着岁月的叠加，神奇地凭空成为了我虚构之时最为可靠的精神资源。或者我的生命并无那些激荡的曾经，而我相信的只是，岁月本身便可以使一个人变得仿佛大有来历。在我看来，一个小说家，必须学会依仗生命本身的蹉跎之感，必须懂得时光才是他唯一可资借助的最为丰满的羽翼。由此，他可以虚拟地给出自己一个来路，由此，他可以虚拟地给出自己一个归途。他在来路与归途之间凝望，踟蹰和徘徊的半径才会相对悠长，弹指之间，无远弗届；那种一己的、空洞的、毫无意义并且令人厌恶的无聊书写，才有可能被部分地避免。

　　天下雾霾，我们置身其间，但我宁愿相信，万千隐没于雾霾之中的沉默者，他们在自救救人。我甚至可以看到他们中的某一个，披荆斩棘，正渐渐向我走来，渐渐地，他的身影显现，一步一步地，次第分明起来：他是中年男人，知识分子，教授，画家，他是自我诊断的抑郁症患者，他失声，他酗酒，他有罪，他从今天起，以几乎令人心碎的憔悴首先开始自我的审判。他就是我们这个时代的——刘晓东。

壹

她没进咖啡馆前我已经隔窗看到了她。

　　窗外的马路被隔离墩分割成两半。我总觉得这样的马路像是一根超长的、闭合了的拉链。咖啡馆左侧不到 50 米就是学校的大门，但要从路对面过来，你得往前、或者退后 200 米左右，才有敞开的人行道和天桥。这显然不太合理。我隔窗观望，时刻能看到两侧的行人躲避着车流，在一个看起来分寸拿捏得不错的时刻，跨栏而过。这就像是漫漫人生路中一个个光彩熠熠的小机遇。他们抓到了，没有被车流剐擦或者撞飞，走了个捷径。他们捞着了便宜，却也没有显得格外振奋。天知道什么样的"捷径"才能令这些见多识广的家伙们感到满意。——我这么想，有些夸大其实。是的。半年前我被自己诊断出了抑郁症。而与现实环境不相称的悲观，就是抑郁症的症候之一。

正对着校门，马路两边择机穿梭的大多是些学生。看起来她和他们并无两样，披肩发，戴一顶蓝色的棒球帽，白色的、长度过膝、紧紧包住下身曲线的裙子，灰色帆布鞋。只是她比他们显得更加十拿九稳。她根本无视路况，仿佛一切都将为她让道。她径直在两辆车驶过的空隙穿插而过，步伐恰到好处，几乎不需要调整，便抬腿跨过了隔离墩，然后用同样均匀的步态，流畅地再次从逆向而来的车子之间穿过。她的腿很长，只是紧身的裙子稍微有些碍事。她就像一个跨栏运动员。她训练有素，预设了步幅，把握了频率，计划了路线，跑了一个好成绩。

我用手机拍下了她举步跨栏的那一瞬。裙子弹性不错，即使紧到贴身的程度，她跨越之后也并不需要重新整理一番。这个时候我还并不确定是她。我用手机拍照并没有针对性。我已经拍了十几张横穿马路者，有男有女。

此刻是四月的最后一个周六。我们约在下午三点见面。我中午就到了，午餐就是在这里吃的，一份咖喱鸡饭。点餐时我有些犹豫，正在闹禽流感，有个新词，叫 H7N9。据说鸡肉已经没人吃了。我对咖喱鸡饭的犹豫，并不是来自那种杯弓蛇影的恐慌，相反，我几乎是在犹豫着故意找事。我偏要吃。这会让我对午餐的选择具有了某种程度的气概吗？我在找事儿，或者干脆是找死。又夸大其实了。这儿是学院周边我定点用餐的地方，老板就是学院的同事。半年来，大致上我所有的午餐都是在这里吃的。过了午餐时间，这里往往就是我一个人的地盘。我的桌子被固定下来，最后面，靠窗。服务生会为我留座。当然，大部分时间他们不需要这么劳神，这家咖啡馆的生意没有好到总是会有人来抢那个最后面靠窗的位子。我常常在午后坐在自己的专座里，隔窗看马路上的过客，并且用手机毫无目的地拍照。

进来后她马上认出了我。这里只有我一个客人。当然，我也因此确定了她就是我的访客。她没有停顿，绕过吧台走向我。我将她从马路对面行至眼前看成了一个连贯动作。她就这样像是被人瞄准好了、准头不错地一股脑儿投掷在了我的面前。

她说："刘老师吗，我是杨老师的学生徐果。"

我点头，请她坐下，告诉她杨帆给我打电话交代过。

她伸手给我，是要握手的架势。这不是个年轻女孩常有的动作。我该将之视为落落大方还是老练世故？她做得倒是很自然，没有其他意味，只是一个动作而已。我们的手轻微地互握了一下。她的手冰凉，够得上柔若无骨。坐下后她从包里摸出手机摆弄了一番，似乎是在翻看各种进来的信息。这个动作同样没有其他意味，不表示没礼貌和旁若无人。如今每个人都天经地义地随时摆弄着手机，地铁里，餐桌上，会议中，乃至床头和枕边。这让我有机会观察了她几秒钟。她很漂亮，但也不让人觉得耳目一新。城市里这样的漂亮女孩比比皆是。她们像是在流水线上成批加工出来的。人和人的差别在日益磨平，世界像一台巨大的磨具。

我幻想在几秒钟时间里找出她的某些特质，将她从漂亮的众生中挑拣出来。这很难。但我觉得我找到了，那是什么，我却不好把握和形容。我觉得她的脸上潜藏着一丝笑意，不，那不是发自愉快或者出于礼貌，她是在对着自己会心地笑，像心怀秘密的人那般窃喜。我认为这是自己心理暗示的结果。毕竟现在这个女孩坐在我的对面，和我有着既定的关系。如果我们只是在马路上擦肩而过，她在我眼里，顶多只是个跟橱窗模特差不多的塑料人。我推算她的年龄，二十二岁，不会超过二十五岁。

她将手机放在了桌面上。让我稍感意外的是，紧接着她又从包里摸出了另一只手机。服务生过来问她喝什么。她看了一眼我面前的柠檬水，说她也要杯水好了。而这期间，我也停止了对她的打量，低头争分夺秒地刷了一下自己的手机。短短的时间，有十多条新微博。最新的是：江西省卫生厅今天通报，新增两例人感染 H7N9 禽流感确诊病例。

她的水端来后，我喊住了服务生，要求给我来杯特浓咖啡。我感到有些焦躁，情绪开始低落。

之前通过百度，在某个"寻医问药"的网站，我看到过这样的信息，有人提问说：他的表姐被男友甩了，于是整天把自己关在房间里，不睡觉，抱着照片自言自语，并且迷上了喝咖啡，家人非常担心表姐的状况，问表姐可否继续这样将咖啡喝下去。这条信息描述的内容，当时给了我小小不言的、没什么道理可说的欣慰——另一个病人提振了我低落的情绪。

可是其后各路医者给出的指导意见却大相径庭：

你好，抑郁症患者要尽量少喝咖啡。因为咖啡因摄取太多会加重抑郁症。茶、可乐和咖啡都会加重抑郁症患者的失眠症状，因此患者不宜饮用。

你好，可以，咖啡有保健医疗功能。据一项新的研究显示，每天喝咖啡的女性得抑郁症的可能性要比不这么做的女性低。研究人员在 10 年期间跟踪 5 万余名女性后发现，与那些很少喝咖啡的女性比较，每天饮用至少 4 杯咖啡者，患抑郁症的风险减少了 20%，每天喝两三杯的则少了 15%，咖啡因能促进人体某些精神传导物质的释放，比如多巴胺等，能够帮助调节情绪和降低抑郁。

诸如此类。

茶，可乐，咖啡，10 年，5 万余名女性，20%，15%，多巴胺。

诸如此类。这些就是城市的符号。毋宁说，不是人，是这些诸如此类的符号，构成了我们今天的城市。据说从前人们只面对土地和植物，那完全是另外一个世界，或者说成是另外的一套世界观也无妨。我不知道如今这座城市有多少人通过网络接收着诸如此类的信息，有多少人通过网络自我诊断着自己罹患的疾病，有多少人通过网络在给自己开药方、找对策，同时被截然相反的答案弄得六神无主。我就是通过百度确诊了我的抑郁症。我就是通过百度加深了我的虚无。那么，我可以说成——我是通过百度患上了抑郁症吗？

我显然走神了。而注意力减退，正是抑郁症的症状之一。

她在对面叫我："刘老师。"同时还用手机轻敲着桌面，意在唤回我的注意力。"你没听我讲话，"她并不客气，"你在想什么？"

我回过神，看到自己眼前那杯漂浮着一层厚厚的、棕红色油亮泡沫的特浓咖啡。

"没想什么，我在听，你继续说。"我并无歉意，如今城市里人和人之间似乎已经没有"失礼"之说。无所谓，不过是没有彼此认真倾听而已。这并不妨碍我紧接着又自相矛盾地问她："噢，你说了什么？"

"你认识杨老师很久了吗？"她也不以为忤。

是的，我认识杨帆很久了。儿子四岁时被我送到杨帆那里学小提琴，如今儿子十岁了。半年前我母亲去世，当天夜里我在杨帆的床上。她说她认识杨帆更久，杨帆是她初中时的音乐老师。这一点杨帆告诉过我。她说杨帆对她好极了，"就像妈妈一样"。

"那时候我常在杨老师家住，对音乐的兴趣也是她培养出来的。杨老师告诉你了吗？我现在是一个歌手。"

我点头表示这些我都知道。

"杨老师真漂亮。"她的语气不是在陈述，是在提问，里面有让我附和的意思。

"嗯，是挺漂亮。"

"只是'挺'吗？"她直言不讳，"你不觉得是'很'漂亮吗？"她直视着我，毫不含糊。她的眼睛真大，这个应该是天生的，流水线制造不出这样的大眼睛。而且，她的眼珠有种奇异的色泽，绝对不是黑色的，黑褐中泛着蓝色的薄翳。

"好吧，是'很'漂亮。"我不确定自己是否真的在潜意识里给杨帆的漂亮打了折扣。我在想，她如此求证，会不会是因为她知道了我和杨帆之间隐秘的关系。

"而且杨老师还特别善良，善良的漂亮女人可不多，是不是？"我同意不多。"初中第一学期，我们班主任生孩子请了假，杨老师就代理了我们的班主任。"她奇特的眼睛焕发出神采，"我真该庆幸，我因此有了一个妈妈。"

她的情况杨帆对我交代过：有这么一个学生，自幼父母双亡，身为班主任，杨帆和她之间发展出了不同于一般师生关系的情感。这个学生如今有事需要我的帮助。此刻，我在想，这个女孩更像是来替她"妈妈"追讨什么的——她的妈妈善良而又美丽，这种女人不多，对我似乎理应成为某种压力。可这很荒唐。真的荒唐吗？我又难以如此去界定。

总之我有种荒唐的负疚感，觉得自己是在被谴责或者是勒令。我觉得自己有罪。而"自罪"，也是抑郁症的主要症状。

"说说你的事吧，"我需要打断她，"杨帆说你有些法律上的问题。"

"是的。"

"你需要打官司？"

"噢不，我不打官司。"

"那你有什么事需要和法律扯上边儿？"

"和法律扯上边儿不是我们需要不需要的问题，如今什么事不跟法律沾边儿？法治社会咯，一切都有那么一个规矩，"她居然用这种方式来反驳我，"懂法的人都好强大，我需要一个比较强大的人来帮助我。"

"我不怎么懂法。"说着我正了正身子，为的是让她看看我，看看眼前这个胡子拉碴、面色苍白的中年男人的确不是一个强大的家伙。我是个病人。

"可你是政法大学的教授。"

我得费一番口舌了，得让她明白，并不是政法大学的教授都懂得法律。大学扩张，院系林立，如今连政法大学都设立有艺术分院，而我，不过是个教艺术史的。这是很荒唐，世界的确变了，一切都有那么一个规矩，这个规矩，似乎并不是法律——而是没有规矩。否则你没法解释政法大学干吗要有个教艺术史的。明白了吗？"杨帆没有告诉你吗？"我对她说，"也许我的法律知识都不如你。"

"没有，这个杨老师倒没说，"她并不吃惊，"我说想找个跟法律沾边儿的人帮我，杨老师就向我推荐了你。"

"为什么一定要找个跟法律沾边儿的人呢？在我理解，你一定是遇到了法律上的难题。"

"不能说我遇到了法律难题——怎么说呢，当然，什么事儿又都是归法律管的。"她说得有些吃力，但不是因为表达的笨拙，"我说过了，我觉得跟法律沾边儿的人会显得很强大。好吧，我并不一定非要找个律师或者懂法律的教授，当然如果能找到最好。其实，我就是想找一个强大的人。"

我觉得自己大致听明白了，也因此舒了口气。因为很显然，我并不是一个强大的家伙，并不符合她的要求。"那你现在知道了，我跟法律没关系，"为了不让她产生异议，我强调，"我并不是个教法律的，嗯，我并不强大。"

"没关系，你强大的，"她瞪大眼睛看我，还眨了眨眼睛，"我相信杨老师。"

"等一等。这里面可能出现了误会。杨帆给我的信息是：你有法律上的问题需要帮助，我以为你是需要我帮你介绍个律师。难道不是这样吗？"

很奇怪，当她眨着眼睛指认我"你强大的"

时，我居然会有种没来由的羞涩。我觉得这是褒奖了我吗？还是我会在潜意识里以自己的不强大为耻？那杯特浓咖啡已经变温。它一直摆在我面前，此前我遵循的是网络上对于抑郁症患者不宜喝咖啡的建议，我只是赌气般地让它摆在那儿，像一个威胁或者诱惑。而此刻，我羞涩地捧起了它，决定遵循同样来自网络的另外一方的建议。加糖后，略为搅拌，我马上一饮而尽。Espresso 最大的特色就是香浓与口感的凝聚，我的这种喝法被誉为正统——在迅速享受香浓口感的同时，咖啡因的摄入却大为减少。当然，这也是从网上得来的知识。此刻我尝到香浓的口感了吗？天知道。咖啡因的摄入是否大为减少了呢？这个就更无从追究了。

　　"没有误会，杨老师说得没错，我需要一个强大的人帮我，她告诉你我有法律上的问题，这其实是一回事。"她再次强调，"我相信杨老师。"

　　我觉得即使咖啡因的摄入大为减少了，咖啡也依旧令我稍感振奋。我多少明白了她的逻辑：她并没有面对一个具体的法律问题，但正像她所说，如今我们的一切问题，又都是个法律问题；她需要得到一个强大者的帮助，在她眼里，跟法律沾边儿即是强大者的特征之一。她也许并没有这样条分缕析地向杨帆表达，而杨帆囫囵吞枣，因为"法律"这个词儿，将她准确地扔在了我面前。毕竟，我是政法大学的教授，尽管我是个教艺术史的。我在想，如果杨帆懂得了她的意思，知道她只是想找一个"强大的"，杨帆还会把我扯进来吗？除非在杨帆眼里，我算是一个"强大的"，但对于这一点，我毫无把握。

　　"你凭什么判定我是个强大的呢？"我问她，"我已经跟你解释清楚了，我其实跟法律不沾边儿。"

　　"可你是个教授。"

"教授就一定强大吗？怎么，在你看来，教授和跟法律沾边儿的，都能算是强者的指标？"

"嗯！"我本来是在调侃，想不到她却郑重其事地予以肯定，"是的，你们都是这个社会的强势阶层。"

我感到啼笑皆非。"强势阶层"这个词儿，让我都觉得有些尴尬了。抑郁症往往伴随着自我评价的降低，而且，假使我健康正常，我也只会更为此感到尴尬。"对不起，教授不是你所说的那个阶层的，"我都不知道该怎样说，才能令自己的话不像是一个自嘲，"起码我不是。我觉得你是在说一个团伙，可我真的没资格入伙。"

她很聪明，没有急于去指认我是那个团伙的一分子，在我看来，那显然是个带有讽刺意味的指认。"这么说吧，"她在字斟句酌，"你是个教授，你一定比我在社会上吃得开，我只是个小歌手，有些门你能进去，我就进不去，你更有说服力，也更令人重视。"

"你是指哪些门呢？我觉得我未必一定比你吃得开。"我并不想和她争辩，她是杨帆介绍来的，杨帆"像她妈妈一样"。意识到这点，我当即调整了姿态。"先说说吧，你究竟遇到了什么问题？我先看看是否能帮得上你，但是，我真的算不上是一个很有办法的人。"

我跟她说这些话的时候，她低头轮番摆弄了放在桌上的两只手机。

她的注意力回到我身上，抬头看我，忽闪着两只蒙上蓝色薄翳的大眼睛。"杨老师告诉过你吗？"她问我，"我父母的事儿。"

"说了。"

"他们是车祸去世的。"

"是的，这个也说了。"

"那个肇事的真凶，我找到了。"

真凶？什么意思呢？找到了又是什么意思？从她的年龄推算，她父母离世该是十年前左右的旧事。我只能模棱两可地"噢"一声，然后问她："当年没找到肇事者吗？"

"有，但是个替罪羊。"

我觉得我的兴趣被调动起来了。对于一个抑郁症患者来说，这很难得。我喊来服务生为她换了杯热水，好让她从头细说。她说了不少。2003年，她十二岁，父母在一次车祸中双双丧命。她父亲是单位里的小车司机，假公济私（她的原话），假日里带着她的母亲外出探亲，结果在山路上被一辆迎面而来的奥迪A6撞下了路基。事故的责任完全在对方，肇事者因此被判了刑，她们家也得到了应有的赔偿。但是，不久前她却找到了真凶。当年肇事的车子，是一家私企老总的车，当时车上有两个人，老总的司机和老总。真正驾车肇事的，是那位老总，他没有执照，而且喝了酒。但顶罪的却是那位司机。这看起来是个不错的善后，当然，违法。

我说："你从哪儿得到的真相？"

我这么问很合理。时隔多年，掌握这个秘密的，必然都是些利害相关人。即便是那位无辜的司机，当年他既然甘愿去顶罪，就一定是认可了某种交易。没人会再去吐露真相。

"是个意外，"她好像知道我会如此发问，"我是酒吧驻唱歌手，你知道，在那里什么人都能遇到。"

"你遇到谁了？那个有罪的家伙某一天喝醉了，酒后吐真言，正好飘进了你的耳朵里？"

"哈，是个不错的假设。"她笑了，完全没有谈论这种事情时该有的那种悲戚。也许是时过境迁，也许如今的年轻人都这样。"当年那个司机被关进了监狱，监狱里是个比酒吧更容易散布秘密的地方，和他一起服刑的人里面，有人知道了真相，而这个人，被我在酒吧里遇到了。"

"算得上是一个奇迹，嗯，也可以说是天网恢恢，疏而不漏。"

"你还说你不懂法。"

"这个跟懂法还是没有关系。不过这件事，的确是件归法律管的事。你想怎么办？要追究真凶的责任？我可以帮你介绍个律师，尽管我在艺术分院任教，但法学院里的教授也能算作同事。可是我想，这件事真的要去落实，难度不会小，证据很难被找到，一个在酒吧里喝醉了酒的前服刑人员的话，很难说会在法律上有什么价值。"

"是的，所以我需要一个你这样的人。"

"我能帮你什么呢？"

"我并不想跟真凶在法庭上见，也许在法律上我已经拿他毫无办法。但我需要他付出代价。我不提供法律所要的证据，我只拿良心来跟他谈。"

"法律以外的代价？我想我懂了，你是想让他做出另外的补偿，是这样吗？"

"嗯，是。"

"他要是不认账呢？良心很难保证人人都有，当年他既然可以无视良心，今天怎么能在良心上指望他？而且，你真的确定你的信息是可靠的吗？"

"他现在很有钱。"她再次眨动了眼睛，神情单纯，就像一个儿童在对伙伴做着心照不宣的暗示。这不是我要的答案，可似乎又是一个扼要而又有力的答案。他很有钱——这句话仿佛回答了一切。有钱而又有罪，不被盯上才怪。

"他是个穿鞋的，如果是个光脚的，我也就只好认命了。"她说，"有钱人会格外在乎自己，而且他们大多数也愿意花钱消灾。当年他让司机顶罪，也是花了代价的。现在，不过是再补上一笔良心债，擦擦当年没擦干净的屁股。你知道，人有钱了，没准良心会有所发现，如果能够用钱摆平，他们是不会去冒险的。现在网络这么厉害，在网上曝光，可能比上法庭都更让他们闹心。关键是，他丢不起人，又拿得出钱。我们不妨试试。"

"那你应该去找一家网站，而不是找一个跟法律沾边儿的。"

"曝光不是目的，只是可以采取的手段。我说了我是想找个强大的，跟法律沾边儿只是个形容。"

"你形容得不错。"我都不知道自己笑了起来。她的思路缜密，但她有着一副儿童自以为得计的表情，这让我无法对之反感。"可我依然不知道我能为你做什么。"

"你可以做我的代理人。"她说得煞有介事。

"代理人？"我琢磨着这个词儿，它就像"强势阶层"这个词儿一样让人无法消受。

　　"对，"她出人意料地捉住了我放在桌面上的左手，并且鼓励般地用力捏了捏，"我去找他谈，一定会被轻视，即使他会不安，程度也有限。我只是个小歌手，他第一个念头会是琢磨怎么轻易地打发掉我。而你就不同了，你是个教授，有社会地位，和他一样，都是强势阶层的人，是个够分量的对手，他会不得不认真掂量掂量。"

　　我想要抽回自己的手，可我没有。这就像是在一个幼稚的游戏面前，一个儿童拍着肩膀鼓励一个成年人勇敢一点。而这个成年人，他感到需要。

　　"你说的有些道理，"我只能笑笑，不得不承认，"如果这一切都是真的，那么由我去出面，是可能会比你的效果好。"

　　"不是可能，是一定！"她纠正我，"你答应了？"

　　"没有，"我正色说，"我没答应你什么。"

　　"我会分你一笔钱。"这句话的逻辑和那句"他很有钱"一样，但却根本说服不了我，"你不过是需要找到他，告诉他当年那起车祸的遗孤知道了真相，他应该掏钱来了事。"她说得理直气壮又轻描淡写。

"这笔债大概值多少钱呢？"我这么问完全是出于好奇。

"一百万，"她有备而来，"事成之后有你二十万。"

我并没有被这个数字惊吓到。它并不能算是一个天文数字。我不知道每天会有多少比一百万大得多的数字在这座城市被人们说来说去。茶，可乐，咖啡，10 年，5 万余名女性，20%，15%，多巴胺，一百万，N 个亿。诸如此类。我只是惊讶于自己依然任凭她捏着我的左手。我的左手被柔若无骨地包裹着。我承认，作为一个抑郁症患者，我感到了些许安慰。

貳

她走后我又坐了一会儿。我们大约谈了两个小时。在这两个小时里，好像有什么事成交了，好像也没有。不，不是那个一百万，我不是个"强大的"，但还没那么软弱。我不知道是什么让我有"成交了"的感觉，可能是这件事情本身有些意思，可能我把它算成了杨帆托付给我的一个任务，可能是左手被柔若无骨包裹着的滋味，也可能是那双蒙着蓝色薄翳的大眼睛。总之我们相互留了联系方式，好像还很像回事地梳理了细节：奥迪A6，顶罪者被判了两年，当年他们赔了三十万。这些信息可以证明我是个知道根底的；现在，丁师傅（她母亲）的女儿知道了事情的真相，而我是个"代理人",由我去找那个欠了债的,跟他谈一笔交易,让他用一百万做手纸,去擦干净十年前搞脏了的屁股。她给我了一张名片,是那个债务人的。我问她是哪儿弄到的,她说搞到大人物的名片并不是一件困难的事。看来她已经做了不少前期工作,就像她横穿马路那样,十拿九稳。她很老练,不是吗?同时她又显得幼稚。我不知道自己二十岁的时候是个什么样子。还好,那时尽管我也认为世界对我亏欠多多,但却没有一个目标明确的债务人。我没法找到一个可以让我去讨要点什么的家伙。如今,我是个抑郁症患者,我自我诊断,自我归咎,我觉得我欠了这个世界的。

半年前我母亲去世了。死之前她在养老院躺了十年。这没什么好说的,她瘫痪的时候我刚刚有了儿子,我没精力服侍她。这种事如今每个人都可能摊上。她死的那天我顺路去养老院看她,临别她一反常态，突然拽着我的手，要求我不要离开。卧床多年，她的肌肉萎缩，身体是硬戗的，可是她的手，却柔若无骨。我还是离开了，以被她吻一下我的脸颊作为交换条件。当天夜里她去世了。那时我躺在我儿子小提琴老师的床上。这也没什么好说的，如今这种事以各种面目发生着。但其后我离了婚。母亲的丧事办完后，我净身出户，儿子交给前妻抚养，看起来算是个了断。可是了断了吗？我在四十岁的时候，突然感到自己负债累累。以往貌似可以胜任的工作和生活，我都感到难以再应付。学校还算通情达理，干脆给了我一个学期的假。大家没准觉得丧母之痛是一个可以被接受的理由。可我知道没那么简单。我不断有罪恶妄想。我在想，如果那一天我留下陪母亲了，她就不会死，如果那晚我不上杨帆的床，她就不会死。这是一个罪恶衍生出的链条，多少年来我所有的过失都是次第倒下的骨牌。母亲的死，不过是那轰然倒塌的最后一块。她在倒下前曾拽着我的手要求我不要离开。她的手柔若无骨。

我给杨帆发了短信，告诉她我见过她的学生了。她回复让我去她那里吃晚饭。时间差不多了，我没有急着动身。对于杨帆，我有心理阴影吗？可能是。但我毫无将一切归咎于她的念头。事实上，我觉得对她，我也是个罪人。

女孩离开时我又隔着窗子拍了她的背影。半年来手机已经是我片刻难离的伴侣。我用尽手机所有的功能，以此和世界发生虚拟的关系。这是城市人的通病吗？我不知道。但我知道，如果现在我没了手机，我也许会死。我有轻生的念头。百度上说抑郁症患者自杀风险很高。我还是害怕，顽强地自救着。我坐在自己的专座里，隔着落地窗看路人，间或刷下手机。我有个微博，名字就叫"我是刘晓东"。没人知道刘晓东是谁，但我知道他是我。我关注了许多稀奇古怪的家伙。我觉得他们都和我一样，不过是形形色色的病人。

微博满屏都是有关芦山地震的内容。这很好，关注悲惨世界，对病人们或许是种医治。一条微博说地震中有位 102 岁的独居老人扒砖自救，从地震当晚被转院至今，还没任何亲人来看望过他。老人眼角泛起泪花，"儿子在湖北打工，30 多年没联系了，我也不想麻烦他。"

我在百度上搜索了一下，学到了新的知识：它产自韩国，近年来流行于东亚各国的年轻人群中，尤其是 80 后与 90 后的爱美女性。其作用是使眼睛放大，变得更加有神，并配以各种不同的瞳孔色彩。目前中国国内的美瞳产品多为原装进口，质量参差不齐，鱼龙混杂。美瞳不宜长期佩戴，佩戴时需要严格遵守规范，否则会导致角膜发炎和细菌感染。劣质的美瞳可使瞳孔永久性染色。如果美瞳的透气性、透氧性、透水性不合格，佩戴时会使眼睛长期处于缺氧状态，严重时可致角膜穿孔。

我努力回忆那双蒙着蓝翳的大眼睛。我以为那很神奇，用自己的专业常识猜度，以为那种色泽可能是来自她蓝色棒球帽帽檐的投射。原来都不是的。

百度上说典型的抑郁心境具有晨重夜轻的节律特点，情绪低落在早晨较为严重，而傍晚时有所减轻。我愿意相信这是真的。日影西斜，我在傍晚时到了杨帆家。

和如今的我一样，杨帆也独身。她离婚多年，没有孩子，在一所中学做音乐老师。当年我通过朋友介绍送儿子来跟她学琴时，她就住在这栋老式的楼房里。房子是学校分的，格局陈旧，她的审美和品位有力地平衡了这套老房子的破败。每次当我穿过楼道里堆积如山的杂物、各种来路不明的垃圾，走进她的家时，过分的反差都会让我如坠梦里。

饭已经做好了。豆豉油麦菜，清蒸鲈鱼，土豆丝，蛋花汤。谈不上丰盛，却也像模像样。一个独身女人不会这样为自己准备晚餐，这多少是对我的优待。我们坐在逼仄的饭厅吃饭。一只大约 50 瓦的装饰灯吊在我们头顶。我告诉她下午我和她的学生都谈了些什么。她感到惊讶，说没想到会这么复杂，她的学生并没有跟她说这么多。

"徐果只是问我认不认识法律界的人，"杨帆说，"我就想到了你，我以为她有什么事需要咨询，你正好在政法大学，也许会帮上忙。"她看看我，"你不会觉得我是在给你添麻烦吧？"

"没有，如果像你想的那样，我的确是个合适的人选。"我不想让她感到不安，"我现在没什么事做，谈不上给我添麻烦。"

"那就好，换了别人我可能不会让她去找你。但这孩子真的有些特殊。"杨帆说。

"她说了，你像她妈妈一样。"

"她家庭状况很特殊，父母双亡，好像是由居委会负责监护，她在班级里显得很孤僻。"她停下筷子，缓慢地咀嚼着，"我给她做班主任的时候，刚刚离婚。起初带她到家里来，是为了看着她完成作业，后来她偶尔会住下。我教她一些声乐知识，她的嗓音条件不错。"她垂下头，"你知道，其实那时候我也需要有个人陪。"

这句话悬浮在我们之间，沉重，落寞，意味深长。

"她说你很漂亮，而且善良，"我觉得我该说些什么，"善良的漂亮女人不多。"

"后面一句也是她说的吗？"我以为她会笑，但是她没有。"这孩子真会说话。她很聪明，没考上大学我挺为她遗憾的。我的能力真的很有限，并没能帮上她很多，在大多数时候，我很无力……"

"你做得已经不错了，"我并不是在安慰杨帆，我也很无力，根本算不上是个"强大的"，"她感到你像她妈妈，我觉得她不是在夸大其词。"

"也有可能，这孩子在情感上也许会对我有所依恋。但她毕业后我们见面的次数就很少了，她去了南方，深圳、东莞之类的地方，在酒吧驻唱，偶尔回来，就会找我，有一年好像挣到了些钱，居然说要帮我买套房子，首付由她来付。"

"你拒绝了？"

"当然，我没有理由接受。她活得不会很轻松，这能够想象。我让她有条件了就存些钱，可现在的孩子我们很难理解，再多的钱对于他们都只是过一下手。她给我送过一个包，居然要好几万块钱，为此我一直很内疚。"

我欲言又止。我想，一个年轻女孩靠在酒吧唱歌不可能付得起房子的首付、买几万块钱的包。徐果都经历了些什么？似乎只能不言而喻。她显然比很多同龄的女孩成熟。好在她成熟得并不令人反感。

"你打算帮她吗？"杨帆问我。

"为什么不？"这并不完全是我的初衷，但我还是这么回答了。是的，为什么不？但，又为什么是？"她的诉求并不过分。甚至可以说很正当。肇事者当年如果没有脱罪，是另一回事，但现在又是另一回事了。"我知道，这些尚不足以成为我说"是"的理由。不过分的、正当的事情有许多，但并不说明我们都该去插手。"她觉得你像她妈妈一样。"我有些后悔说出这句话，我不想让杨帆觉得我的决定是因为考虑了她的因素。

"晓东，你不要为了我去为难。"她还是敏感了。

"不是的，"我艰难地说，"我自己需要去做些事。"

说完我感到有些轻松，就像谎言被戳穿的那一刻，对于一个撒谎者，反而是种解脱。是的，我自己需要去做些事，把我从持续的厌倦和虚无中打捞出来。帕罗西汀、舍曲林、氟西汀、西酞普兰、氟伏沙明，这些都是我从网上查来的治疗抑郁症的药物，它们还有个动听的名字，叫"五朵金花"。可我他妈的不想靠这些金花们解决我的问题。我想靠自己，靠手机，靠微博，靠一个差强人意的理由来提升我日益丧失的注意力，增加我降低了的意志力，促进我迟缓的思维，振奋我低落的情绪。

"你怎么了，晓东?"她终于问我了。

这个问题半年来想必始终萦绕在她心里。我离了婚，学校给我放了假，我每天坐在咖啡馆里发呆，谁都看得出我有问题了，而且还是个大问题。我想，她之所以难以发问，正是因为她知道这个问题我也难以回答，而且让我去回答，本身就是在增添我的问题。

我只有不去回答。

她在水池边刷碗，我坐在客厅的沙发里吸烟。客厅里铺了块簇新的羊毛地毯，窗帘缀着繁复的流苏。天黑了。从窗子望出去，你得承认，城市的灯光璀璨极了。

她过来在我面前泡茶。我依然坐在沙发里。我伸手揽住了她的腰，脸贴在她的腹部。天热了，她只穿着薄薄的家居服。我能够感到她的体温。我们半晌无语。

"这会很难吗？"她说，"徐果的事，我想这种事情可能不会很好处理。"

我说:"我也不知道。不妨试试吧,也许会成。"

"小志'五一'假期还会来学琴,他很快就能过六级了。"小志是我儿子,依然跟着杨帆学琴。

她捧起了我的头,起初只是端详,随后犹豫了一下,还是俯身吻在我的嘴唇上。我们彼此居然都感到有些突兀和不自然。半年来,我们没接过吻。

我们只是接吻,后来她拉琴给我听。《希伯来旋律》,她拉过很多次。我没多少音乐素养,但我感到了医治。

我离开她的家,在夜色中步行回学校。我渴望留下吗?左手被柔若无骨地包裹都能令我感到安慰。可是我做不到。

杨帆家离学校并不近,坐公交车有六站路。马路上在堵车,所有的车都亮着灯,从天上望下来,会像条发光的河流吗?一定有人这样比喻过。让我们来形容今天的世界,我们的语言就是这么匮乏。

有人从我身后冲上来，飞快地向前跑，紧接着又有几个家伙和我擦肩而过，追了过去。他们的体力不错，很快消失在夜色中。前方也许会有一场斗殴。路边有一对男女在争吵，撕扯，哭泣，谩骂。走过很久，我才意识到那可能是两个男人。我听到"她"对他说：老子受够了！

走出半站路后，经三路的人行道上围了一圈人。方格地砖上的血迹在夜晚只像是一摊摊的水渍。我一边走一边给儿子打电话。是前妻接的，我能听到她喊儿子的声音。她跟我无话可说。儿子告诉我他的小提琴马上要过六级了。这个我知道。儿子说"五一"假期他还要去学琴。这个我也知道。儿子说他在减肥，刚刚称了下，已经轻了两斤。这个我不知道。我想问问他想我吗，但是我没问。我只是告诉他我想他。这更像是个套话。

学校有我一套房子。是很早以前的房改房，和杨帆家的一样老旧。离婚前这套房子闲置着，我用来堆积自己多年积攒下的书籍。如今上万册书更像是这套房子的东家，而我不过是个寄宿者。家属区还有个偏门，正对着一架立交桥。进门前，我像往常一样，站在了路边那个水泥墩子上，用手机对着夜色中的立交桥拍照。我这么做也有半年了。最初的动机了无印象，我回忆不起来半年前的那个夜晚是什么敦促我站在了水泥墩子上将手机对准了立交桥。这的确是个毫无意义的举动。但它却发展成了一个规矩。从此我夜夜重复这套规定动作，水泥墩子是一个可以信赖的坐标，站在它上面，有效地保证了拍摄角度的一致。我想，我只是喜欢这种绝对感，它有种单纯而稳定的特质。

如果你严格地去重复一件无意义的事，也许意义就会出现。谁知道呢。

我冲了澡。老式厕所里被我挂上了一台电热

水器。但这实在不是一个可以冲澡的好地方，每次完事我都要花力气清理漫溢而出的水。有时候清理得不彻底，水流蜿蜒爬行，浸泡了外面堆在墙根的书籍，发现后，让我有一种寄宿者冒犯了东家的心情。

拖完水，我换上睡衣，坐在床沿久久不知所以。我拨通了徐果的手机，没有很明确的目的，但我还是这么做了。响了很久，无人接听。大约十分钟后，我已经躺下了，她打了过来。

她说："刚刚我正在唱歌。"的确，手机里有嘈杂的音乐声。

我说："没什么事，我只是想确定一下，你那个真相的来源可靠吗？"

"刘老师，你去和他接触，靠你的直觉来判断吧，如果你觉得他是无辜的，可以立刻扭身走人。"

"很好，但愿他不是个会伪装的。"我的言下之意是，以直觉去判断一个人有罪与否，是件不怎么靠谱的事。我准备挂机，其实我原本也没想求证什么。

"等等，"她却问我，"你想听我唱歌吗？"

"唱歌？"

"别挂断，该我上台了。"

我大概明白了她的意思，按下了手机的免提键。这当然不是一个听音乐的好方式，她那里太吵，想必手机也没法对着嘴。但我还是听到了乐声响起，听到了她的歌唱。由于完全失真，我无法衡量她唱得好坏，只能靠着耸起的耳朵和猜测，依稀听懂了被她反复唱到的一段歌词：

这城市那么空

这胸口那么痛

这人海风起云涌

能不能再相逢

这快乐都雷同

这悲伤千万种

Alone

我关了灯，习惯性地摆弄手机，逐一删除相册里今天拍下的几十张照片。但我保留了那两张她的照片，一张是她走来，一张是她离去。删除了的，对我便如宇宙尘埃中的粒子，完全可以视为不存在的幻象。而留下来的，就一定是确凿的存在吗？这城市那么空。这人海风起云涌。**Alone**。微博里有个女博士说她就是大学校长的一条狗，有人说中国大妈的购金狂潮击溃了华尔街做空黄金的计划，有人说发现城市的灯光竟能映亮头顶的云，看得他恍神。最新的一条微博直播了一起案件：就在一个多小时前，经三路人行道上几个家伙当街砍杀了一个年轻人。微博图片和我的记忆重叠，方格地砖上的血迹在夜晚只像是一摊摊的水渍。这是我亲眼目睹过的现场，但我目睹了的，都不比此刻微博上发布出来的真实。网络为世相的真实性加冕，如今城市里的现实，人的悲伤和欢乐，似乎都只有经过虚拟空间的确认，才是真的。即使这快乐都雷同，这悲伤千万种。

我感到忧郁。我对"抑郁"这个词，其实有些排斥。当我感知自己的情绪时，我觉得用"忧郁"更恰当些。百度上说抑郁症已成为世界第四大疾患，至少有 10% 的患者可出现躁狂发作，人群中有 16% 的人在一生的某个时期会受其影响。我觉得这个数据低估了抑郁症的发病概率，否则，我就只好承认自己只是人群中的那 16% 之一。好在专家们预计，到了 2020 年，抑郁症有望成为仅次于冠心病的第二大疾病。这可真的是指日可待。我们的队伍在壮大。

　　最后，我将那张夜晚的立交桥照片发在了微博上。我这么做，同样有半年了。没什么含义。我只是日复一日这么做，坚持同一角度，坚持同一时间段，坚持只配上同样的一句话：而黑夜已至。

参

清晨真的是一个艰难的时刻。也许我是受了百度得来的那些知识的暗示，也许这的确是个事实。抑郁心境晨重夜轻的节律特点，让我在每个清晨醒来的那一刻都感到生不如死。我茫然地躺在床上，灵魂仿佛可以俯视自己此刻的境遇：挤在一屋子书里，书和人都显得那么荒谬。那些书里起码有几万种世界，可在某种意义上，它们就是几万种谎言；我连一个世界都没有，这个世界可以说在任何意义上都与我无关。在清晨我就是这样想的。书和人都显得荒谬。

　　被学院赐予一个学期的假，这对我也许不是件好事。每天醒来不知道该怎么打发漫长的一天，有可能只会加重我的忧郁。"我自己需要去做些事。"这是我对杨帆说过的话，是的，我真的该有这么个需要。之前我一度打算在每个清晨爬起来去跑步，但我没有一次兑现，依旧让自己挣扎在每一个清晨的荒谬里。

在这个清晨，我爬起来了，似乎也没多想，换上了跑鞋和运动衣裤。今天"有事可做"的这个念头，也许帮了我的忙。

操场上已经有不少晨练者，公安系的学生更是被早早地揪起来操练，他们穿着迷彩服，四列纵队地打着虎虎生威的军体拳。我绕着塑胶跑道慢跑，并不觉得有什么吃不消。我的体质应该是不错的，从小被父亲逼着练就了一些强筋健骨的手段。我父亲是位民间武术高手，但这并没有使他长寿，相反，在我上大学的时候他就因为肺癌离世了。因此，我不再相信强身必然导致健体。我出来跑，不过是一个象征性的手段，因为很显然，我想没有一个晨跑的人会是个抑郁症患者，能够跑动在晨曦中的，都是些生活的积极分子。

跑了不到三圈后我出汗了，有些心跳加速。这让我意识到自己的体能的确在降低。我适时停下，去生活区的早餐摊买了三个素包子。没有走回房子前我就吃完了它们。

回去后我冲了澡，刮了胡子，然后沏了茶，坐在电脑前开始做事。不错，在心理上我给自己强调"做事"这个概念，它能让我今天早上面对电脑时显得与往日不同。

在网络上找到一个大人物比得到他们的名片更容易。横田实业集团有限公司实力非凡，百度出来的网页有几十页。它有自己的网站，首页显示这个集团拥有九家子公司，业务涉及有色金属、石油产品、机电设备、建筑材料、房地产开发、通信工程，并与外商合资生产公共空间家具、高尔夫球具产品。一边浏览，我一边粗略估算，这些企业的注册资金有几个亿。这些钱，原则上都是这个人的——宋朗。他的确是个"穿鞋的"。而我现在作为代理人，要替一个"光脚的"向他追讨迟来的正义。这个念头不过一闪而过，但即使只是闪念之间，也让我感到了不适。它大而无当得的确有些古怪和荒唐。我默默说服自己：不，我要做的事情没这么大动静，我只不过是在"做事"。

网页上有董事长宋朗的照片，以"领导关怀"的名义展示着他陪同诸多领导参加国内外商贸活动的身影。他是个很矮的中年男人，目测一下，大概不会超过一米六五，喜欢穿颜色艳丽的 T 恤，有些秃顶的趋势。除了有钱，这个中年男人没什么特殊的，而有钱一般也不会写在脸上，就是说，如果把他扔在人头攒动的街头，他一定不会比他身上那些鲜艳的 T 恤更引人注目。在我眼里，他更像一个肇事后逃逸了的司机。

网站"新闻中心"置顶的消息是：横田实业集团有限公司心系地震灾区，捐款 600 万元。这当然是一笔善款。那么，慈善家宋朗愿意用这笔善款六分之一的数目，去添补自己内心的灾区吗？

接下来有意外的收获。第二条消息是"横田实业集团有限公司赞助当代艺术十人展"。消息内容很简单，只罗列了十位艺术家的名字和个人简介，十个人当中有一个本市的，这个人我认识，他是我们艺术分院的院长郭劲涛。

我点了支烟，觉得有些不可思议。事到如今，对于这件事情，我的态度仍旧两可，我似乎也没有很认真地去对待它，没有深思熟虑，没有承诺，也没有一个很充分的声音对我发令，我不过是在"做事"。但这个巧合却让我感到了某种必然性。据说有个"六人定律"，每个人通过身边的六个人就可以认识到世界上所有的人。如今这个定律在我面前发生了。我似乎是被上帝指定着要去做那个"代理人"。

我慢慢喝着茶，开始集中精力想问题。如果我要去干这件上帝指派的活儿，我就需要先和宋朗接触上。可是通过什么途径呢？不错，我手里有张他的名片，可以打一通电话给他，或者发个短信：嘿，你好董事长先生，咱们得谈谈你当年的破事儿。这并不可行，姑且不论对方是否会回应，这种作派本身就是我无法接受的。那样会让我像一个躲在暗处的勒索者，让这件不乏正义感的事变味儿。我敢发誓，如果昨天我想到了这些，我一定会断然拒绝那女孩的，即使她对我忽闪蒙着蓝靉的大眼睛、柔若无骨地捏着我的左手。可现在我撞上了"六人定律"。

我有些兴奋，体内一定有某种物质发生了化学反应，而导致的结果是，我的消沉情绪在散去。我用手机打给郭劲涛。

　　接通后我说："郭院长，是我。"

　　"你小子犯什么病？"郭劲涛愣了一下，"干吗这么叫我？"

　　我也不知道怎么会喊他"郭院长"。我们差不多同龄，关系也算密切，我从未如此称呼过他。可能是我不自觉的郑重在作祟。"哦，我觉得以后应该这么叫你，"我怕他再纠缠，立即问他，"你在参加一个画展？"

　　"是。干吗觉得以后应该这么叫我？我怎么你了？"

　　"画展详情跟我说说。"

　　"什么详情？不就是那一套，学院内网上有消息。"

"好，我看一下，没准一会儿还要打给你。"

"别打了，我有课，回头再说。"

"那行，要不中午一起吃饭？"

"请我吃饭啊？那你再喊我一声郭院长。"

"郭院长，我请你中午吃饭。"

"我弄死你，小子！"

"弄死你"是郭劲涛的口头禅，但这个胖子从没弄死过谁，倒是有几次差点把自己弄死。几年前他酗酒，酒后出过危险，最凶狠的一次是在洗浴城里用剃须刀割腕，救过来后赔了人家一池子的水钱。

学院内网上果然有画展的消息。本院院长郭劲涛参加横田当代艺术十人展。展览开幕的时间就在今天下午三点，莅临嘉宾的第一位，就是横田实业集团有限公司董事长宋朗先生。有什么可说的呢？上帝连你的头发都数算过。

老郭进来后首先问我："你就在这儿请院长吃饭？"

我发短信把他约到了咖啡馆。吃饭并不是目的，我没有必要花太多心思。这个胖子没做院长前，和我称兄道弟已久，我给他的画写过很多评论，不免会有些溢美之词。关键是，那一次是我把他从洗浴城的池子里抱上来的。

"你想吃什么？"我说，"我看你可能又重了十斤。"

"我弄死你！"老郭将自己塞进对面的沙发里。他起码有 200 斤。可是他以前多瘦啊，当年我把他从水池子里抱上来时，觉得他轻如鸿毛。他要了一份牛排，我还是咖喱鸡饭。他对我说："你还吃鸡，你个不怕死的。"

"老郭你当年如果是个院长，就不会一次次想着要干掉自己吧?"

他愣了一下，反应过来我是在嘲讽他。"我弄死你!"他说，"老实跟你说吧，老子当年有病，抑郁症! 都是喝酒闹的。想死，发病的时候真的是想死。"

"怎么没听你说过? 干吗要瞒着?"我感到自己胸口被这个胖子擂了一拳，"怎么治好的?"

"又不是什么光彩的事儿。主要跟酗酒有关，酒戒了就好了。当然，也没那么容易，我都通过电，是种治疗手段。"老郭挥一下手里的叉子，"不过现在我的简介可以写上'割过腕，通过电'了，靠，很牛逼吧。"

我在发呆。面对这个曾经也是人群中那 16% 之一的胖子，我在想，自己的简介有一天会不会也写上: 割过腕，通过电。妈的，这没什么可牛逼的。我不想就这个话题说下去了。问他:"下午要去参加画展？"

"嗯，干吗问这个。你好点没？"

"我没事。"他这么问我，说明我在大家眼里是个有问题的。"你跟横田集团熟吗？这个画展是他们资助的。"

"算熟吧，不过也是刚接上头，横田的老板想做画廊，可完全是个外行，请我做顾问。这次实际上就是我策展，请了国内几个有点行情的，完事都跟横田签代理。"

"这事横田谁跟你谈的，宋朗？"

"是他，换了别人我不会搭理，老子也是个院长。怎么，你有兴趣？有的话我推荐你也去做个顾问。你是该弄点钱了，"老郭看我一眼，"起码得给自己再买套房吧。"

"嗯，"我顺嘴答应着，"下午带我一起过去见见这个人？"

"见见?"老郭呼哧带喘地笑,"见见,见见。"

吃完东西我们各自要了茶。也许是他胖了,也许他如今是个院长,他不需要通电了;也许只是我的问题,我可能面临着通电。我们之间的关系已经不复从前。聊了些无关痛痒的话,我们各自玩起了手机。微博上有人引用约翰·邓恩的诗句:没有人是一座孤岛,在大海里独踞,每个人都像一块小小的泥土,连接成整个陆地。

我偶尔抬头,却看到对面的那个胖子手里攥着手机,歪头睡着了。他睡着的样子,像极了一座孤岛。

两点多钟我喊醒了他。在路边打车时老郭对我说:"我宁可花三十分钟打车,我再也不开车了。"

"不开好。"我其实对开车与否并不在意。

"上个月我差点出车祸。别以为出事儿都有什么原因,酒驾啦,疲劳啦,不是的。有时候干脆就是鬼使神差，你根本不知道那一刻发生了什么，就像被人扣动了扳机，好端端的，就撞上了！"老郭严肃地对我说，"你知道每年 11 月的第三个星期日是什么日子吗？"

"不知道。"莫非是鬼使神差日？

"世界道路交通事故受害者纪念日！"老郭挥舞了一下拳头，"想想吧，专门弄了这么个纪念日，事情该有多严重。全世界每天有 3000 多人死于交通事故，10 万人因交通事故受伤，我可不想找死！"

是的，数据很惊人，他的理由很充分，谁都不想找死。我在想当年的那一幕，他割开的手腕涌着血，那一大池子的水被染成了红色。

横田集团总部的大楼在高新区，画展就在他们公司的展览大厅举办。在门口签到后，我们一人得到了一朵胸花。老郭的写着"艺术家"，我的写着"嘉宾"。老郭笨拙地将胸花别在胸前，我随手将胸花塞在了裤兜里。我确认自己不是一个"嘉宾"，多少感觉自己是个来踢场子的。

展厅里已经有不少人，有块大牌子被红布蒙着，等待被揭开。这种场面我不算陌生，间或还撞到几个熟人。他们跟我打着招呼，几乎第一句都是"好点了？"是的，好点了。看来我的不好，在圈子里是个共识。老郭忙着四处周旋，我心不在焉地看那些展出的作品。都是油画，而且尺寸都很大。整体水准不错，有一组题为"黎明将近"的，引起了我的兴趣。画面基本上是抽象的，但点缀着很多微小的具象造型，在空蒙的晨曦中，一些伞兵从天而降。看介绍，是位云南女艺术家的作品。我想，世界就是如此，有人天天发着"而黑夜已至"的微博，就有人画着"黎明将近"的油画，它就是每个人潜意识中不同的时间感乃至人生观，世界就是这样达到了微妙的平衡。

三点整仪式开始。宋朗在一群人的簇拥下出现了。十位艺术家胸佩红花和他并排站在一起，五男五女，分列左右，看起来很均衡。艺术家们穿戴得各有千秋，就像老郭，只是裹着件圆领衫，因此让西装革履的董事长看起来只能像是个西装革履的董事长。他的确不高，不会超过一米六五，面色苍白，眼袋很大。我留意到那位云南女艺术家，她的个子很高，在队列里鹤立鸡群。老郭宣布由宋朗先生剪彩。礼仪小姐捧来了剪刀，他剪了，脸上有种颇为冷淡的笑。红布被揭开，十位艺术家的大幅照片露脸。闪光灯。掌声。仪式很简单，我想这是顾问老郭点拨的结果。宋朗依次观赏每幅作品，艺术家们礼貌地跟在身后。这不过是个过程，这些画他应该早看过了。没转完半个展厅，艺术家们就四散了，三三两两各自交流。只有老郭跟在他身边。我走了过去。

老郭正跟他比画，看到我后，对他说："宋董，我跟你介绍个朋友。"他转身看我。"刘晓东，"老郭说，"我们学院的教授，圈内数得上的艺评家。"

"你好。"他对我伸出了手。我想起徐果的话，"你们都是这个社会的强势阶层"。我不知道我是属于哪个阶层的，但此刻我握上了一个亿万富翁的手，我的手感告诉我，我们压根不是一个序列的。这是直觉，没别的解释。徐果让我凭直觉去判断真伪，是的，有时候直觉很管用。

"晓东你陪着宋董看吧，你的见地比我高明。"老郭把位置让给了我，给我一个展示自己的机会。然后他便抽身走开了。

"刘教授，给我讲讲这幅画。"宋朗扬扬下巴。面前的画布上画着一朵抽象的花，大面积的绿色中浮现出靛蓝色的花冠，艺术家的色彩语言非常优秀，作品显然是在情感充沛的时候画就的。那朵花如此神秘，有种飞舞起来的内在的气力。

但我知道跟一个没有欣赏艺术品经验的人说这些是无效的。

"你觉得它美吗？"我问。他回头看看我，耸了下肩膀。"艺术的理想是挣脱和超越语言，甚至超越理性。就像我们往往发现只能用比喻去说明自己对绘画和音乐的感受。"虽然这不是我的愿望，但我还是想让他听得稍微明白些，"当我们用背景知识，用非常专业化的美术史知识去对一个现代艺术品进行批评的时候，往往会发现自己的武断和无知。所以，每个欣赏者，只需要尊重自己的直觉感受——它美，或者是不美。"

他饶有兴味地看着我，沉默了片刻，问我："什么是美？"

"我觉得不借助过多的理性过滤，就能够打动人的，是视觉艺术之美的第一个要求。"

他不动声色，有两三秒的时间像是在闭目养神。随后他开始走向另一幅作品。

"我想跟你谈谈。"我跟在他的身边，低声说。

"好的，我也正想求教。"他说得很客气，"我们边看边谈。"

我知道他会错了意，没准把我当成了一个前来卖弄学问的求利者。我不想和他说着艺术转完整个展厅。我是个病人，我正在休假，如今我连站讲台的耐心都没有。

"跟这些作品没关系，是件私事。"我准备直入主题。

"私事？"他停下了，向我歪一下头。

"十年前那起车祸的事。"我们的目光对视着，我认为我没看到他的表情有什么变化。

过了片刻，他说："看完画再说吧。"说完他就重新将目光移向了画作。

他自顾一幅一幅地看下去。我只能跟在他的身边。他不再征求我的意见，但似乎看得颇为专注。在有些作品前他逗留的时间很长。我猜不透他在想什么。

他真的是看完了所有作品，然后他对我说："我们去茶室谈吧。"

展厅的一侧就是茶室。我跟着他进去，有工作人员迎来，他挥手让她们出去了。茶室的空间很大，大概有 200 平方米，墙壁用实木包裹，落地窗可以俯瞰这座城市。杨帆住在 20 世纪的房子里，我挤在书堆里，他在 200 平方米的空间喝茶。我不由得会这样去比较。我并不仇富。我只是已经从心理上和这个人对立了起来。

我们在一张巨大的黄杨木茶台边落座。什么都是现成的，他动手沏茶，手法繁复，花样真多。一切就绪后，他说："刘教授你请讲吧。"

他这么镇定，我只能开门见山。"丁师傅的女儿知道了十年前那起车祸的真相，"我说，"她要求赔偿。"

"当年法院判了赔偿金。"

"你知道的，这不够。"

他托起茶杯在鼻子前嗅了三下，用目光示意我也喝。喝了口茶后，他说："那女孩跟你什么关系？"

"嗯，她是我朋友的学生。"我觉得应该强化一下我们之间的关系，"她父母去世后，我的这位朋友对她像对女儿一样。"

"她从哪里得来的信息？"

"对不起，这个我不能告诉你。"

"哦，"他似乎能够理解，问我，"她叫什么？"

我迟疑了一下，认为但说无妨："徐果。"

"徐果？"

"是。"我不知道他为何要这样追问一下。

他的眉头蹙起来，又一次做出闭目养神的样子。但我觉得我并没看到他内心有多大的波澜。我等着他撇清自己。

他突然问我："刘教授，你在学校教什么课程？"

"艺术史。"我不知道他何来此问，但也只能作答。

"自己画画吗？"

"现在画得少了。我本科读的是油画专业，研究生才改读了艺术史。"

"嗯，"他很认真地喝着茶，"我相信你。"他会怀疑我什么呢？认为我是一个来敲诈他的瘪三吗？"那么，"他问，"她为什么不自己来谈？"

"她觉得由我来谈效果可能会比较好。"我当然不能跟他说因为徐果认为我跟他都是"强势阶层"

的人。我想，女孩的选择是正确的，面对这么一个庞然大物，她可能真的没有太多的机会。

"她需要赔偿多少？"

"一百万。"我回答得不是很理直气壮。并不是我觉得这个开价太高，是我此刻觉得这个开价低廉极了，它甚至可能都买不走我面前的这张黄杨木茶台。我感到了某种耻辱，那种穷人才有的耻辱。但我不能擅自提价。

"好吧。"

"好吧？"我无法控制住自己的惊讶。

我想不到会如此轻易。我甚至感到了失望，感到这个结果原来和我内心估算的那笔所谓的良心债毫不匹配。我代表着的那一方，开出的价钱自认为是够分量的，可这个分量在对方眼里，完全微不足道。人跟人之间的换算，如何才能达到公平？我觉得我不是个"代理人"，我成了一个"推销员"。我跑上门来，推销一件自认为价格不菲的玩意儿，而这玩意儿，在对方看来，就是张擦屁股的手纸。

"我怎么给她呢？要现金？"他的语气中性，可我却觉得隐含着嘲讽，"要不你给个账号吧。"

"这个我回去问问她吧。"我感到被动。我觉得我像一只他妈的猴子。"落实好我会和你联系。"我说。

"也好。"他递给我一张名片。我有他的名片，但我还是收下了。"也留一下你的联系方式吧？我们还会有更多的事情可谈。"他的话里依然听不出有什么玄机，他说，"刘教授我很欣赏你对艺术的见解。"

我在他递来的一张便签上写下了自己的手机号。"宋董有兴趣的话我愿意奉陪。"这句话说得糟糕极了，让我显得外强中干，像一个挑衅者，而对方压根没有搏斗的兴趣。但我真的不知道说什么好。我起身告辞。

他却邀请我:"晚上我请十位艺术家用餐,刘教授一起去吧?"

"不了,谢谢。"

我走出茶室,有些眩晕,并且颓丧。

老郭迎面过来,问我:"跟宋董谈得怎样?"

"妥了。"我继续向外走。

"什么妥了?"

"他答应付一百万。"我头也不回,把瞠目结舌的老郭留在那里。在强力的财富面前,十位艺术家算什么?

肆

我在楼下给徐果打电话。我说："我见到那个穿鞋的了。"

她很意外："这么快？刘老师你会这么快！怎么样？"

"我跟他喝了会儿茶。"

"你觉得他怎样？"

"他茶泡得不错。"

"刘老师我不是问这个。"

我知道她不是问这个。她让我凭直觉去判断这件事的真伪，可我得承认，我的直觉刚刚除了告诉我这是个在财富上完全具有压倒性优势的庞然大物外，在其余的方面，完全失效。真伪已经不是问题，因为有了结果。他丝毫没有不认账的意思，甚至在无形中改变了事情的性质，让欠账还钱成了一个简单的讨要与施舍。我觉得这里面有什么不对劲儿。

"他答应了。"我说。

"你说什么？"

"他答应了。你需要提供一个账号。"

她半天不作声。我能够评估出女孩心中此刻的愕然。这种心情我刚刚经历过，并且现在仍余波未平。

"刘老师你能过来一趟吗？"她声音低低地说。

"去哪儿？"

"来我住的地方吧。"她告诉了我地址。

我在路边拦了辆车。她住在老城区。因为改造成本太大，那一带如今反而是城市最破落的区域，但是交通很方便。地方也不难找，下车后我按照她的提示，很快就找到了。那是栋老楼，藏在鳞次栉比的高楼后面，一共六层，一层被改造成了小门面，如她所说，是家卖麻辣烫的。

我上了四楼，敲响房门，纳闷自己为何会有点紧张。开门的不是她，或者不一定是她。是个脸上敷着面膜的女孩。

我说："我找徐果。"

女孩闪开，她迎了出来，将我带到属于她的房间，随手关上门。

"我找了个房客，反正我一个人不需要住两间屋子，"她向我解释，"而且我经常会去外地，屋子闲着也是闲着。"

我打量她的空间。塑料衣柜，简易鞋架，一张单人床，镜子，电脑桌，像个宿舍。嗯，是个女生宿舍。毫无隐私可言的空间最大限度地泄露了主人的性别。晾在窗前的底裤，床上扔着的丝袜。她请我坐下。那是房间里唯一的椅子，放在电脑桌前。我打量她。她穿着热裤和长 T 恤，头发绾在脑后，素颜，一时无法让我看清眼睛的颜色。

"杨老师真有眼光！"她靠着门对我说，"我也觉得你行。"

"我没做什么。"

"可是奏效了，"她双手握成拳头举在胸前，肘部向下一沉，做了个自我鼓气的姿势，"我没理解错吧？"

"好像是。"我很怕让她感到我是凭着一己之力做成了一件了不起的大事，像个英雄似的。事实上我跟宋朗都没说上几句话。

"你们是怎么谈的？"

"没什么，就三言两语。"

"我真的想知道，他难道没有讨价还价？"

"真的没有什么，"我知道她其实想知道我是怎么制服对手的，"他让你提供个银行账号。"

她走过来，变戏法一般从手心亮出张纸片，"都写在上面了，"她说，"你喝点什么？我这里有咖啡，嗯，应该还有可乐。"

"可乐吧。"

她转身出去了，我低头看那张纸片。户名，开户行，账号，一应俱全。纸片不大，但我还是折叠了一下才放在裤兜里。她拿了两罐可乐进来，仍然随手关了门。可乐是冰冻过的，看来她有个冰箱，也许放在厨房里共用？她在我眼前坐下。原来旁边还有个橙色的帆布收纳盒可以做凳子用。收纳盒很矮，让她坐上去抬头看着我时显得有点眼巴巴的。

她说："那二十万我会给你。"

我不知道如何作答，要或者不要都很可笑。说实话，我依然没觉得这件事儿是真的。"钱到手后再说吧。"我又看到了她眼中那层蓝色的薄翳。她知道长时间佩戴美瞳会使眼睛处于缺氧状态、严重时可致角膜穿孔吗？"听杨帆说你曾经打算帮她买房子？"我问。

"哈，是的，"她笑起来，"那段时间我有点钱，可杨老师不要，她真该要，那笔钱她不要，现在我都记不得花在什么鬼地方了。反正没了，噗——"她吹口气，"就像被风刮跑了。"

"是吗？那她真该要，总比被风刮跑好。"

她向我挤下眼睛。"我们晚上去庆祝吧！我请你，怎么样？"

"不。"

"为什么？"

为什么？我没法跟她说这件事儿不适于提前庆祝，就我的感觉，目前它就是一个泡影。"还是等真的落实后再说吧。"

"嗯，这样啊——"她站起来，俯身趴在电脑桌上，用鼠标点击。我这才注意到那台笔记本电脑是开着的，屏幕上是音频播放软件的界面，只是被关闭了静音。此刻她打开了声音。音乐响起，一把吉他，一个女声。

> 我喜欢你是寂静的，仿佛你消失了
> 　一样。
> 你从远处聆听我，我的声音却无法触
> 　及你。
> 好像你的双眼已经飞离远去，
> 如同一个吻，封缄了你的嘴。

"你唱的？"我问。音乐旋律是民谣风格，像一个人的喃喃自语。

她拄着头伏在电脑桌上。她一直在看我，点了点头。

> 如同所有的事物充满了我的灵魂，
>
> 你从所有的事物中浮现，充满了我的
>
>   灵魂。
>
> 你像我灵魂，一只梦的蝴蝶，
>
> 你如同忧郁这个字。

你如同忧郁这个字。"聂鲁达的诗。"我说。歌词的确是那首《我喜欢你是寂静的》，用了诗的前两段。

她点点头说："你也知道？哦，你是个教授。"

"曲子是你谱的？"

"不是，是一个朋友为我写的。"

"男朋友？"

"算是吧，不——我也不知道。"

她没穿内衣，近在咫尺地伏在我眼前，胸前的乳点隐现。我觉得有点燥热。"再放一遍。"我说。

"循环播放的，中间会稍微等一下。"她的头向我更靠近了一些，胸部以不易察觉的幅度微微前倾，"我该怎么谢你？"

果然，吉他的前奏又响起来。

"你不是要给我二十万吗？"我只能这么回答她。

"好像应该再多给点？"

"不需要。"

她笑了，一抬眼皮，刚好捕捉到我急欲规避的眼神。"你和杨老师很好？"

"是的，我们是朋友。"

"只是朋友？我看不。"得不到我的回应，她又说，"你有点忧郁，我觉得。"

"是吗？"

"是，我能感到。你觉得我呢？"

"什么?"

"忧郁吗?"

你如同忧郁这个字。是的。我在一瞬间觉得她忧郁极了,我忧郁极了,这个房间忧郁极了,这首曲子忧郁极了。

"怎么搞的?"我只有转移话题。她离我很近,头发绾起后脖子暴露着,"这些疤。"她的脖颈上有烫伤后那样遗留的瘢痕。

"哦,带状疱疹,"她说,"腰上也有。"说着她撩起 T 恤侧身让我看。她的皮肤很白,流泻着年轻的光泽,那圈瘢痕几乎没有色素沉着,只像是身体一个遥远的回忆,标记着从未平复过的伤痛的过往。她的热裤低腰,T 裤的那道绳子比瘢痕更醒目。"很疼,真的很疼,当时我在东莞,差点死在那里。"她说。

我有伸手去触摸那些瘢痕的欲望。可是我没那么做。我不想重新给自己垒砌有罪的骨牌。

　　她送我到门口，问我："是不是你也应当给我留下个卡号？"

　　"怎么？"

　　"我得把那二十万转给你。"她伸手替我拉展衬衫可能翘起的领子。这个举动很冒失，但我惊讶地发现自己并不在乎。

　　我苦笑了一下，挥挥手走了。我们像一对同谋，像两个作案尚未得手就已经开始分赃的傻瓜。

　　已经是黄昏了。抑郁心境真的具有晨重夜轻的节律特点吗？真的没有人是一座孤岛吗？通过六个人我们就可以认识世界上所有的人吗？可你如同忧郁这个字。

　　我进了楼下那间卖麻辣烫的小店。十多种菜浸泡在油辣的汤汁里端上来时，我感到自己饿了。微博上说最高法院表示，生产销售地沟油，最高可判死刑。我一边吃一边将那张纸片上的内容编辑在短信上，反复核对无误后发送给了宋朗。没有多余的话，说什么都不恰当，没什么可说的。几分钟后他的短信回了过来，同样言简意赅：收到。我打电话给杨帆，告诉她事情的进展。她同样感到惊讶，好像也有些觉得我能力超群，是个"强大的"。不是这样，我只能跟她形容说，一切似乎只是个儿戏。

"儿戏？我不知道你说什么。"她喃喃地说。

"没什么。我只是，嗯，感到哪儿有点不对劲儿。"

"是什么呢？"

"不知道，说不清楚。"

"你过来吃饭吧？"过了一会儿她说。

"我正在吃，今天不去了。"我抑制不住地想起了那一截有着瘢痕的腰。

"你在吃什么？"

"麻辣烫。"

"麻辣烫！"杨帆叫了一声，她的惊讶不亚于之前听到我给她传达的那个消息。她知道，我从来不吃这玩意儿。

我不禁哑然失笑。

吃完后我用手机拍了自己的残羹剩汤。这毫无意义。

从这里走回学校，我可能需要花上两个小时。可我还是决定走回去。

天黑下来。路面再次像一条淤积、迟缓的河流。一个小孩灵活地穿梭在蠕动的车子间，不由分说将手里的卡片别在挡风玻璃前。这本来司空见惯。但有人却被惹怒了。一个男人开门跳下车，居然去追打这个孩子。小孩像水里一条畅快的鱼，他机敏地摆脱了男人。喇叭声响成一片，那个失败的男人没有去启动自己的车，他就在马路中央，就那样开始疯狂地踢着车子的轮胎，继而双拳用力捶打着车顶。一片喧嚣中，我听见了他喑哑的哭泣与咒骂。

我默默向前走着，心情越来越差，有一只躁动的蛾子一直在胸中振翅。迎面走来一个小子，圆领衫卷在胸部，裤腿也挽在膝盖上面。他涎着脸拦住我，跟我商量，让我"给俩钱儿花花"。他的身后还有两个家伙，蹲在路边嬉皮笑脸地张望着我们。我让这个打渔的滚开。他一边退着走，一边伸手拍打我肩头。"给俩呗给俩呗。"

我终于忍无可忍，在一瞬间爆发了。他再次拍下的手被我接住，我只扣紧了他的几根指头，他可能并不明白我的手指是怎么跟他严丝合缝地穿插在了一起。我的手腕翻转，他已经跪在了我面前。这本来就够了，顶多我继续施压，让他的指头断掉。

我已经让他失去了攻击力。但我的左膝还是狠狠地抬了起来。我能听到他下颌骨粉碎的声音。他向后栽去，可手依然在我手里，我把他又扯了回来，同时再次用膝盖撞他的脸。一下，两下，三下，我大约这样重复了七八下。松手时他像堆剔光了骨头的肉瘫在我脚边。而我也呼吸紊乱，手脚从未有过地痉挛。

我跨过他向前走去，两只脚像是踩在波浪上。已经有人围观了，有人举着手机拍照，为自己的微博积攒素材。前面的那两个小子可能还没有完全反应过来发生了什么，他们站起来了，面面相觑，然后同时看着我。他们在做着决定，其中一个从身后摸出了一把刀子。我向他们走去。我们之间大约只有三十米左右的距离。但我觉得这段距离很长。可能他们也觉得不短，长到让他们失去了不得不做出蠢事的机会。当我一步步迈近他们的时候，他们的踟蹰在增强。终于，他们放弃了，在我们就要彼此够得着的时刻。他们转身跑了，跑得飞快。

我很感激他们。我知道，如果他们真的摆在我面前，我会像马路上那个踢打着车子泄愤的男人一样歇斯底里。他们也许会被我弄死。我委屈得无以复加。

剩下的路我不知道是怎么走回去的。进家属区前我照例站在了那个水泥墩子上，摸出手机对着立交桥拍照。

进屋后我立刻去冲澡。我一直抖个不停。洗头时感到自己的指尖麻木。水漫出了厕所，可是我无力再去收拾。我擦干身子出来，赤裸着坐在床沿，怔怔地看着地面上一股水流缓慢地、势不可当地漫延而来。它就是一股洪水，而我不过坐等被它淹没。

我关了灯，我感到害怕。我抑郁，可是从未像今天这般狂躁，这般充满了暴力的冲动。我没有动手干掉自己，但那一刻我的举动完全不可自控，我知道我已经在心里杀人。人群中有 16% 的人在一生的某个时期会得上抑郁症，抑郁症中至少有 10% 的患者可出现躁狂发作。那么是的，角色升级了，我成了人群中 16% 之一里的那 10% 之一。这会让我显得多么独特。

我打电话给老郭。

"你今天怎么回事？到底搞什么把戏？"老郭问我。

"没事，我没事。"

"你跟宋朗都聊了些什么？有兴趣加盟他们的画廊吗？他们还缺个艺术总监。"

"简单聊了几句，再说吧。"

"那好，有事跟我说，我是你领导。"

其实我想问问老郭通电是什么滋味。

　　微博上有人说，城镇化达到 50% 以后，往往是城市病集中爆发的时期；有人说，新西兰奥克兰大学研究人员开发了一款三维电子游戏，旨在帮助青少年对抗抑郁症；有人说，美国飓风导致政府瘫痪，市体育馆的避难所一时成为歹徒抢劫的乐园，中国震灾，灾情也成为某些人争抢物资和狮子大开口的良机，人性皆有两面……

　　我把照片发上去。而黑夜已至。

伍

操场上空空荡荡，只有零星的几个学生。我问了一个迎面跑来的女生，才知道"五一"假期从今天放起。我开始在跑道上慢跑。天阴着，晨风中有股土腥味儿。要下雨了。我的手指依然麻木，我不断攥紧拳头，然后再张开。攥紧，张开，就好像一个执著的捕风者。

　　校内的早点摊也没营业。我可以出去弄点吃的，但我毫无心情。回到楼上我冲了澡，继续上床睡觉。

　　我以为自己只是打了个盹，但再次醒来已经快到中午了。我好像还是很困，躺着翻看手机里的微博。那条消息最初没有被我留意，它从我的指尖滑过，我只是大概扫了一眼。"文化宫往北第一个三岔路口，车祸，人躺在地上一动不动。围了很多人。"当我从后往前再次浏览时，手指在这里停下了。困意缭绕，我从没这样昏聩过。我又闭上了眼睛。

仿佛又睡了一觉，其实不过是几秒钟。我张开眼睛，点开了这条微博配发的照片。

我可以肯定是她。白色的、长度过膝、紧紧包住下身曲线的裙子，灰色帆布鞋，蓝色的棒球帽——滚落在马路的正中。尽管她趴着。

这条即时发布的微博是在十点半发出的。我看看手机上的时间，已经十一点四十了。我拨打她的手机，传来关机的提示音。

我点开手机通讯录，却不知道要做什么。我的手抖得厉害。我拨通了杨帆的手机。

杨帆说："小志在我这里。"

我分不清是她的声音在抖还是我的手在抖。

我"哦"一声，说："没事，我就问问。"

我挂了机，挣扎着爬起来，再次刷新微博，那条微博被人转发了：人已经死了，肇事车辆逃逸。

我听到自己内心狂躁地吼了一声：那个畜生杀了她！

咖喱鸡饭很难吃。我望着窗外，似乎她随时还会像个跨栏运动员似的穿过马路向我走来。

"你没事吧刘老师，饭不好吃？"一个经过的服务生问我。她认识我。

我回过神，发现自己的盘子里浇满了酱油。这只能是我自己干的。

"哦，没事。"可是孩子，这跟你有什么关系。

"要不要给你重做一份？"

"不用，谢谢。"我觉得我快要发火了，"你把它收走吧，给我来杯咖啡。"

我坐在那里，一遍又一遍刷新微博。那条微博不断有人参与评论。大家在诅咒肇事逃逸的畜生，在抱怨城市巨大的风险，在叹息生命的无常。还有人感到遗憾，说自己在车祸发生前刚刚经过现场，"生命就是这样，只早了他妈的几分钟，一台好戏便错过了"。咖啡对我没什么好处，不用百度，我能够感到自己此刻的坐卧不宁。我觉得愤怒，在胸中振翅的已经不是一只蛾子，是一架直升飞机。坐在这里也没什么好处，刷微博也没什么好处，我必须干点什么。我拨通了宋朗的电话。

"是我，刘晓东。"

"哦，钱收到了吗？"

"钱？"

"我安排人把钱打给那个女孩了，徐果，是叫徐果吧？"

"她死了。"

"死了？"

"你杀了她。"

"我没听懂，你是刘教授吗？"

"你杀了她，车祸，你善于干这个！"

"我完全不知道你在说什么，我们能见面谈吗？"

"好的，我也要见见你。"

"你在什么位置，我让人去接你。"

"不用，我去找你，你在哪儿？"

"还是我让人去接你吧，我住在山上，很远。"

　　一个小时后，我在咖啡馆外面坐上了一辆黑色的别克商务车。来接我的是个中年男人，下巴刮得铁青，黑色衬衣的纽扣一直扣到最上面一颗。路程的确不短。车子上了环城高速，绕了几圈，一直向南面开去。我打开车窗，外面飘进雨丝。下雨了。

渐渐地，可以看到隐约的山影。

这里已经是秦岭山脉北麓的边缘。国家三令五申严禁在这样的区域开发房地产，但总有"强大的"家伙们可以例外。那片别墅群远远可以望到，但车子进入盘山路后，它们就时隐时现了。山道上两名衣冠楚楚的保安举手敬礼，栏杆徐徐升起。我看了下时间，用了差不多一个半小时。

树木掩映，我猜不出这片别墅群的规模。如今就是这样一群蛰伏在山里的家伙，遥控着城市里的一切。院子被沉船木加工出的栅栏圈着，想必不是为了安全，只是象征性地划分出业主各自的领地。车子停下，那个司机替我打开了院门。宋朗坐在院子里，身后是一栋青灰色墙面的小楼，窗子狭长，单调地分割着墙体。他穿着睡衣裤，裹着褐色的睡袍，尽管躲在一棵树冠遮天的大树下，依然有雨丝飘在他身上。他稀疏的头发被雨淋湿，成了一绺一绺的。

他看到我，向我抬了抬手。我走过去，他问我："我们在这儿谈还是进屋里？"

"就这儿吧。"我说，同时观察身边有什么就手的。他的身边还有三把椅子，围着一张不大的乌木茶几。

坐下后，有人为我们端来了茶。是个很高的年轻女人，我觉得她有点面熟。想了想，我想起昨天在画展上见过她，那位云南女艺术家。她放下茶后默默进了屋。财富和艺术就是这样相得益彰的。

"在山里淋些雨不是坏事，"宋朗揉着额头说，"这些雨你在城里已经淋不到了。虽然它们都是从天上掉下来的。"我不是来和他谈雨水的，他知道。"文化宫的确有一起车祸，我问了交警部门。"他沉吟一下，继续说，"你知道今天早上城里发生了几起车祸、死了几个人吗?"

我不知道。老郭告诉我每天全世界有 3000 多人死于交通事故,10 万人因交通事故受伤。"车祸和谋杀不一样。"我说。

"我很奇怪,你为什么这么肯定地要把我弄成个凶手?"

"你犯过一次罪,上瘾了。你怕她戳穿你,干脆弄死她。"这番话,几乎没有过我的脑子。从看到那条微博起,我只被这样一个似乎不证自明的认定左右着,现在,我把它说出来了。

"交警队的朋友告诉我,今天早上城里一共发生了 46 起车祸,死了 7 个人,这个叫徐果的女孩,只是其中之一。"他并不看我,仰在椅子里,眼望着天自说自话,"是辆银白色丰田撞死的她。那辆车简直就像一根撞针,端端正正击向了她,她像颗子弹似的被发射出去几十米远——哦,这是警察的原话。司机其实不用负完全责任，她横穿马路，刚刚跨过隔离墩。可是那个笨蛋却跑了，不过他跑不掉的，一路的探头，总归会被抓到的。"他漫不经心地看我一下，问我，"你觉得这一切都是我导演的？"

我沉默着，眼前是徐果从马路对面十拿九稳向我走来的样子。

"你继续说。"

"好吧，刘教授，我们从头捋一遍。你看，昨天你在画展上找到我，跟我说要谈件私事，我们谈了，然后我按照你的要求，打了一百万给那个女孩——到现在为止，我并不知道她是谁，是个做什么的，可是我觉得我应该信任你。今天早上，这个女孩横着从马路那边过来，"他用两只手比画，"有个笨蛋的车子竖着从马路这边过去，怎么说呢，他们像是经过了操练，准确无误地合拍了。"他一横一竖的两只手撞在一起，"于是你打电话给我，说我杀了人。"

"在我这里也有个事实。昨天这个女孩横着过来向你讨债，今天你竖着过去灭口，也很合拍。"我觉得自己战栗起来，也许是脖颈上冰冷的雨丝让我有了寒意。

"刘教授，你来之前我打电话给郭院长问了问你的情况，他说你近来情况不太好，在休假。"他盯着我瞧，就像一个他妈的盯着病人瞧的大夫。

"这和我们要谈的没关系。"

"我觉得有。你会出现幻觉和妄想的状况吗？"他摆摆手，"请相信，我没有想冒犯你。你看，我已经给了你们所要求的，我毫无必要去杀人，这个世界解决问题的方法有很多种，杀人是最愚蠢的办法。"

"可十年前你就干了和这差不多的事。"

"是，所以我直到今天还要承受被你怀疑的后果。"他的声音低下去，"好吧我有罪，这是真的，我觉得我是个罪人。不过十年前那件事，只是我罪感中最轻微的一块。如果今天一百万就能够让我脱罪，我会觉得是受了上帝的恩宠。"

我也盯着他瞧，像个他妈的盯着囚徒瞧的上帝。

"实际上，我知道你们是在讹诈我，但我还是给了，因为掏点钱，我自己也会好过些——"

"等等，你说什么？讹诈？"

"不是吗？这个女孩叫徐果，而当年被我撞死的那对夫妻，丈夫姓王。昨天我就有疑问，但我不打算追究。你说的这件事，发生过，这笔债，我欠着。不管是谁，我还出去，自己会舒服些。我认为这是在帮我。刚刚我跟警察核实，死了的这个女孩，居然真是十年前另一起车祸的遗孤，交警队有档案，查起来很方便。可她的父母死在北边，我是在南边撞死的人，而且也不是发生在同一天。喏，那天我就是从这儿返回城里时出的事，我喝了酒。"

我陡然松弛下来，毋宁说是陡然垮掉了，胸中的直升飞机跌落，摔得分崩离析。徐果对我说她是丁师傅的女儿，她说丁师傅是她母亲，她有意回避了父姓，这不怎么符合常情。唯一真实的是，十年前她的父母在一起车祸中死亡。可这连巧合都算不上。每天全世界有 3000 多人死于交通事故，今天早上城里就发生了 46 起车祸，死了 7 个人。那么，她利用了我。我以为她的瞳孔是蓝色的，原来她只是戴了美瞳。

"昨天为什么不当面质疑我……"我问他。

他有电话进来，用手示意我稍等。

"警察朋友打来的，肇事的家伙抓到了，口口声声说是鬼使神差。"放下手机后，他对我说，"——哦，昨天，我觉得我跟你说明白了，我不打算追究。而且，正如你所说，不借助过多的理性过滤，就能够打动人的，是美的第一个要求。我觉得，这件事挺美的。我欠了笔债，像块石头搁在心里，你要来帮我搬走，我干吗要问你有没有资格搬？"

"你真给了她一百万？"

"这个你也要质疑吗？警察说探头拍到她是从一家银行出来的，我想她是去 ATM 机上查账了。如果你能拿到她的遗物，那里面该有张一百万的银行卡。"我和他的角色现在应该置换，该是他来质疑我。但他并无兴趣。

那个女艺术家又出来了，将一个小药瓶放在他手里，被他拍了拍手背后，又返回了屋里。那个接我的司机一直在院外就着干净的雨水擦车，此刻过来给我们添水，警惕地看我一眼。宋朗用一只空杯子盛了水，放在一边晾着，也许是准备吃药。

"你觉得自己有罪？"我很恍惚，耳边全是细雨打在植物上的窸窣声。我们享其荫蔽的这棵大树，看起来有上百年树龄，不知是花了大价钱移植来的还是本来就根深蒂固地长在此间。

"是，但很少能像那起车祸，让我可以明确知道自己的感觉是来自哪里。更多的时候，它们只是一种没有来路的情绪。"

他望向一个莫名的方向，很难说是在眺望上帝还是在观察天气。我不禁怀疑，他是否还记得我的存在。

"十几年来，我几乎全程参与了这座城市的改造，把它变成了今天这副样子，立交桥，一个个新区，但也让它如今一个早上就能发生 46 起车祸。这很可笑，我自己也觉得。可我这两年总是会想这些事儿。不，还不是你们所说的那种什么原罪，我觉得要比那个模糊得多，也深重得多。"他笑起来，但是笑得颇为冷淡，"怎么样，来帮我做画廊吧？我想艺术总不会制造那么多事故。我可以再给你一百万。"

这个时候，他才像是一个商人。

我想告诉他，艺术不制造事故，但也不会给他端茶送药。可是我没开口。我似乎已经被剥夺了为艺术申辩的权利。在他眼里，我现在是个他懒得追究的讹诈者。帕罗西汀片。他一直在手里抟弄那个药瓶，我终于看清了药名。这个名字我不陌生，治疗抑郁症的"五朵金花"之一。一瞬间，我觉得很多事情都迎刃而解了。眼前的宋朗，也是那人群中的 16% 之一。

可是，还有一个疑问没有解开。

他留我在山上吃晚饭，我拒绝了。还是那位司机送我回去，我听到宋朗叫他"左师傅"。

宋朗快快地站在院门口，裤管拖在地上，被地面的雨水洇湿。我在车上回头，雨雾弥漫，他双手统在睡袍的袖筒里，被雨淋湿的沉船木栅栏在他身后散发着油亮、阴郁的光。

车子越靠近市区，雨水越少，渐渐窗外只是黑沉沉的云。城市的轮廓在乌云中隐现，就像搁浅在平原上的一艘巨船被沉闷和忧愁笼罩。我的手脚麻木。我在手机上百度，它告诉我：麻木一症属气血病变，临床上常见正虚邪实、虚实夹杂的复杂变化，多因气虚失运，血虚不荣，风湿痹阻、痰瘀阻滞所致……算了，这太玄奥。我的问题已经够多，我不想再去知道什么。那又如何？

我从未像此刻这般痛苦。我蜷缩在座位上，感到恶心，喉咙干涩，腋下湿津津的全是汗，周身乏力，内心莫名的焦虑。姓左的司机不时从后视镜里看我，我让他把我送到了杨帆家楼下。

进门后杨帆对我说:"我正要打电话给你。"

"怎么?"

"你给我打钱了?"

"没有。"

"我的卡上突然多出五十万,上午就有一笔,当时我正在陪小志练琴,没听到银行的通知短信,"她翻出短信,将手机递给我,"下午又进来一笔,刚刚我去楼下的 ATM 机查了一下,果然两笔钱都到账了。"

我看着手机上的那两条短信。第一笔收入发生在早上十点二十五分,三十万;第二笔收入发生在下午四点半,二十万。

我坐在客厅的沙发里,默默梳理着。我敢确定,第一笔钱是徐果打入的,几分钟后,她横穿马路,被撞针击中子弹般地撞飞。那么,宋朗的确给了她那一百万。的确有这么一张银行卡的存在——

但此刻并不在她的遗物里。因为从这张卡里，下午四点半又转给了杨帆二十万。

"这钱是徐果给你的，"我只能如此下结论，"徐果应该知道你的卡号。"

"徐果？"杨帆怔了怔，"是，她知道我卡号。几年前她在东莞住院，突然向我借过一笔钱，后来就是从银行卡上打回来的。可是她干吗要给我这么多钱？"她拿过手机，意思是要立刻打给徐果。

"先等等。"我阻止她，决定暂时不让她知道女孩已经死了。这件事情现在就像一团乱麻。"徐果要到了那一百万，我想，这是她给你买房子首付的钱。让我先跟她谈谈好吗？这里面还有些问题。"

"拿到了？什么问题？"

"徐果可能并不是那个真正的遗孤。"

"怎么回事？晓东究竟发生了什么？"

"我现在还不完全清楚。"

"那这钱我更不能收下。"

"杨帆，给我点时间，我会处理好的。钱的事你先不要多想，总比被风刮跑好——"我想起这是徐果说过的比喻。我瘫在沙发上，感到深入骨髓的疲惫。天色已晚，我今天一口饭都没吃。"徐果有个男朋友，你知道吗？"我问。

"不知道，好像有。她跟我说过，有个男孩子给她写歌。嗯，好像是个吉他手。"

"叫什么？"

"不记得了，她好像说过，可我想不起来。"

"徐果在哪家酒吧驻唱？"

"好像叫'糖果'，对，是这个名字，她觉得跟她的名字般配，没准会给自己带来好运。"

我已经在手机上搜索"糖果酒吧"的位置。"我得出去一下。"我站起来说。

"去哪儿？先吃饭吧？"

"我不饿。"我的确不饿。食欲下降或者亢进，无饥饿感，都是抑郁症的症状。

糖果酒吧在佛慈大街一栋建筑物的地下室。我到了的时候里面已经人头攒动。这儿的空气显然不太好，尽管室外的空气也好不到哪里去。烟雾弥漫，还有啤酒长年累月泼洒后积攒下的特殊的酸臭味儿。不少客人已经喝多了，夸张地颂扬或者贬损着同伴。也有人很安静，这种人多半落了单，神情空洞地发着呆。中间的舞台上有乐手在演奏，但主唱的位置空着。那个主唱再也不会坐在那儿了。我从手机中听到过她坐在那儿唱：这快乐都雷同，这悲伤千万种，Alone。

我找了个角落坐下。服务生过来招呼我。我要了一打啤酒。为什么不？我想今夜我可能会把自己灌醉。

酒端上来时，我问这个服务生："你们的吉他手呢？"

"左助？"

"左助？没错，左助。"

"还没来，您是常客？他们该到了，再等等吧。"

"他们？"

"是啊，主唱也没来。他俩是一对儿。"

"他来了跟我说一声？"

"好的。"

我没告诉他，不会再有"他们"了。

我一口气喝下一大杯啤酒，接着倒满继续喝下去。老郭曾经在患有抑郁症的时候醉酒自尽。那又怎样？

我觉得一切都对上号了。十年前的那个秘密，只能是宋朗的身边人透出的口风。今天宋朗派来接送我的那个司机，姓左。我认为姓左的不会太多，没这么巧，别跟我再扯什么"六人定律"的玄机。这个司机和吉他手左助之间的关系是什么？而这个左助，和徐果"是一对儿"。

我尽量不让自己去想徐果，尽量不将她的死也算一笔在我的头上。手机里有她的两张照片，一张她向我走来，一张她离我而去。她利用了我，这是一个诡计，可她如今死了，在刚刚为自己的老师转出三十万后的几分钟内。她干吗要那么十拿九稳，仿佛一切都将为她让道？如果我没有参与进来，她是不是就没这么容易得手？没有得手她就不会跑到ATM机面前，就不会十拿九稳地被撞针发射出去。她骗了我。她对我说"好像应该再多给点"，可是她死了。

一根柱子上挂着电视。屏幕正在播放新闻，压根听不到里面说什么，也许它压根就没开声音。字幕写着：楼市新政满月，交易量应声骤降。我想，楼市就是宋朗这些人十几年来在城市玩的游戏，如今他决定去玩艺术了。

啤酒被我喝掉五瓶的时候，他来了。

这是个单薄的年轻人。牛仔外套，卫裤，帆布鞋。进来后他在吧台和几个服务生说话，对方的脸色渐渐凝重。嗯，他带来了一个坏消息。一个服务生指指我坐着的方向。他回头看我，然后脚步不稳地走了过来。

他在我面前坐下。我招呼服务生，让再拿只杯子过来。我有点害怕。酒精已经开始发挥作用，我的焦躁在累积。我怕我会杀了他。杯子拿来了，他自己倒了啤酒，默默喝下。我觉得之前他可能已经喝了不少。

我说："左助？"

"是我，刘老师。"

"你知道我？"

"我猜出来的。徐果跟我说过你。我爸回来也问过我了，跟我说你下午去见过宋朗，你们的谈话，他听到了一些。"

"你爸参与这事了吗？"原来那个下巴刮得铁青的司机是他父亲。

"没有，他不知道，是我把那些事儿告诉徐果的。嗯，我爸当年替他的老板顶过罪，判了两年，但只在里面关了几个月。"

我没想到当年替宋朗顶罪的那个人，今天居然还在为宋朗开车。肇事致人死亡被判刑后，还可不可以继续驾车？可这没那么重要。也许有过教训的司机反而会更守规矩？谁知道呢。宋朗不会亏待自己的这个手下，他有的是办法。

"然后你们就合计冒充亡者的遗孤去敲一笔？"

"我不知道，徐果昨天才告诉我。"

"你是说，这是她一个人的计划？"我克制着自己。我不相信他。

"不，有我的份，她是为了我。"他哭了，突然泪如泉涌。

"为了你？"

"我想去日本留学，学费需要五十万。"

"所以她自作主张去这么干了？"我嘘口气，"那张银行卡在你手里？"

"嗯，今天早上我陪她一起去银行给杨老师转款。她让我在 ATM 机上操作，她不耐烦那一长串的数字，她总是对长串的数字不耐烦。"他被啤酒呛着了，咳得喘不上气，"我办完回过头她已经出了银行的门，我跟在后面，看到她上了马路，看到她跨隔离墩，看到她突然飞了起来……"

"为什么下午又打了二十万给杨老师？"

"那是她答应你的，可我不知道怎么转给你。"

"早上为什么要打给杨老师那三十万？"

"她一直想给杨老师买套房子。"

男友出国五十万，老师首付三十万，我的佣金二十万。这就是那一百万的用法。十拿九稳，她真的是十拿九稳。

"她没有给自己留一些的打算？"我问。

"没有。她从不为自己考虑什么。是我杀了她。我干吗要跟她说我想去日本？我干吗要跟她提宋朗？我觉得她就是想用这五十万把我赶走。"

我觉得这个孩子崩溃了。如果我要弄死他，没准他反而会很满意。"不，这跟你没关系，你没有罪，不是你的错。"我反而笨拙地开导起他，仿佛这的确不会是一个他穷其一生都无法走出的牢笼。我的眼前突然变得模糊，半天我才意识到自己涌出了泪水。毋宁说此刻我就是在对自己进行着告解与劝慰。我们都陷在自罪的泥沼里，认为自己不可饶恕，一切都是我们的错，这个倒霉的世界都是被我们搞坏的。

"不，不。"他埋着头，肩膀觳觫。也许，有一天他也将需要面临通电的治疗。

"你很爱她吗？"

"不，不。"

"不？"

"不，不。"

"她爱你吗？"

"不，不。"

我知道谈话没法进行下去了。我准备离开，站起来一阵天旋地转，只好又跌回椅子里。他哭泣着将一张卡片从桌子上推给我。

"什么？"

"剩下的五十万。"

"那是你的。"

"不是。"

"其实你完全可以收下这笔钱，甚至我那二十万也不需要给。没人会知道，你可以跑到日本去。"我将卡片推回去，"为了你的诚实，这笔钱该奖给你。这也是徐果的初衷。"我完全没力气去甄别这笔钱我们是否真的就可以这样私相授受了。要是细究，这笔钱算是敲诈来的赃款。但一切如此糟糕的时候，这个孩子的诚实，让一切变得不那么糟糕了。

"我不要，要了我会终身有罪。"他就是这么说的。

"看着我，徐果爱你吗？"

"不知道，"他呆滞地说，"我猜不透她，她说她经历过太多的痛苦。"

我靠想象去拼凑那个女孩。她父母早亡，被居委会监护着成人，她在南方流浪，得过"真的很疼"的带状疱疹，差点死在那里，她小时候性格孤僻，长大后经历了一些烂事，但并没因此变得畏怯，她想给自己的老师买一套房子，想送自己的男朋友去日本，她像个跨栏运动员一样矫健和十拿九稳，她被撞飞了，她如同忧郁这个字。那么好吧，她无罪。

我再次问："你爱她吗？"

"我也不知道，我们其实没发展到那样的地步。"男孩真的很诚实，"她总是很烦躁……"

"可她愿意搞钱送你去日本，你也给她写歌。"

"是。"

"嗯，你喜欢她是寂静的。如今她是了，就永远喜欢她吧。"

陆

我在晨曦中醒来，就像第一次才看到这个世界。

　　我发现自己赤裸着，身边是同样赤裸着的杨帆。我必须回忆起来点什么。可是记忆恢复得异常缓慢。我看到了枕边的手机，于是想起昨夜我给宋朗打过电话。我跟他说我要去给他的画廊做艺术总监，不用他再付一百万，他已经付过了。我想起我跟那个叫左助的男孩喝了很多酒。我想起我们一同去了文化宫，看那个事故发生的现场。街上大雨如注。其后，我就真的再也记不起什么。我只确定，最后我一定睡着了。因为人只有先睡着，才会醒来。

我躺在灰白的光中。这里是杨帆的家。我想，这是半年来我第一次躺在她的身边。她的大腿温热。我从未问过她，我们之间的一切，有没有给她带来过羞耻感，她也沮丧、气馁吗？是什么驱使着她，让她用羊毛地毯，用缀满流苏的窗帘，将这栋老房子装饰得像一个梦？

是的，这城市很糟糕，那么空，却又人潮涌动，一个早上就会有7个人死于车祸，下着和山里不同的肮脏的雨；人的欲望很糟糕，可以和自己儿子的小提琴教师上床，可以让自己的手下去顶罪，可以利用别人内心的罅隙去布局勒索。可是，起码每个人都在憔悴地自罪，用几乎令自己心碎的力气竭力抵抗着内心的羞耻。

夜以继日。

昨晚是一个节点。但它没什么不同。唯一的特殊，可能只在于我没有拍夜晚的立交桥，没有把照片发在微博上，然后写下：而黑夜已至。

我在晨光中摸起了手机，对着一片灰白的虚空拍照。镜头里没有焦点，我的手也在颤抖不已。我把这团白光发在微博上，写下：黎明将近。

当然，那意味着抑郁症患者晨重夜轻的节律即将启动。可是，那又怎样？

我开始哭起来。

杨帆醒了，默默地为我擦泪。

我本来想跟她说点别的，可是我说："今天陪我去医院吧。"

图书在版编目（CIP）数据

而黑夜已至／弋舟著. -- 北京：作家出版社，
2021.3
（刘晓东系列）
ISBN 978 - 7 - 5212 - 0847 - 4

Ⅰ.①而… Ⅱ.①弋… Ⅲ.①中篇小说 – 中国 –
当代 Ⅳ.①I247.5

中国版本图书馆CIP数据核字（2019）第288424号

而黑夜已至

作　　者：弋　舟
责任编辑：李宏伟　雷　容
插　　画：王　小
装帧设计：任凌云
出版发行：作家出版社有限公司
社　　址：北京农展馆南里10号　　　邮　　编：100125
电话传真：86 - 10 - 65067186（发行中心及邮购部）
　　　　　86 - 10 - 65004079（总编室）
E – mail: zuojia@zuojia. net. cn
http: // www. zuojiachubanshe. com
印　　刷：北京盛通印刷股份有限公司
成品尺寸：120 × 200
字　　数：45千
印　　张：4.25
版　　次：2021年3月第1版
印　　次：2021年3月第1次印刷
ISBN 978 - 7 - 5212 - 0847 - 4
定　　价：45.00元